作家笔下的海峡二十七城

作家笔下的

潮州

作家笔下的海峡二十七城丛书编委会 编

海峡出版发行集团
THE STRAITS PUBLISHING & DISTRIBUTING GROUP

海峡文艺出版社
Haixia Literature & Art Publishing House

图书在版编目(CIP)数据

作家笔下的潮州/作家笔下的海峡二十七城丛书编委会编.
—福州:海峡文艺出版社,2010.6
(作家笔下的海峡二十七城)
ISBN 978-7-80719-506-1

Ⅰ.①作… Ⅱ.①作… Ⅲ.①散文－作品集－中国－当代
Ⅳ.①I267

中国版本图书馆 CIP 数据核字(2010)第 094424 号

作家笔下的潮州

作家笔下的海峡二十七城丛书编委会 编

责任编辑　郑咏枫
出品人　　何　强
出版发行　海峡出版发行集团
　　　　　　海峡文艺出版社
经　销　　福建新华发行(集团)有限责任公司
社　址　　福州市东水路 76 号 14 层　　**邮编**　350001
网　址　　www.hx-read.com
发行部　　0591－87536797
印　刷　　福州德安彩色印刷有限公司　　**邮编**　350008
开　本　　880×1240 毫米　1/32
字　数　　100 千字
印　张　　4.75
版　次　　2010 年 6 月第 1 版
印　次　　2010 年 6 月第 1 次印刷
ISBN 978-7-80719-506-1
定　价　　35.00 元

如发现印装质量问题,请寄承印厂调换

总序

廖国忠

　　"作家笔下的海峡二十七城"丛书即将付梓出版，并在海峡两岸同步发行。这是两岸出版业界携手合作的又一个重要成果，很有创意、新意、意义，可喜可贺。

　　由海峡文艺出版社、台湾图书出版事业协会和福建闽台图书有限公司共同策划推出的"作家笔下的海峡二十七城"丛书，对海峡西岸经济区20城市（福建的福州、厦门、漳州、泉州、三明、莆田、南平、龙岩、宁德；浙江的温州、衢州、丽水；广东的汕头、梅州、潮州、揭阳；江西的上饶、鹰潭、赣州、抚州）和台湾7个代表性城市（台北、台中、高雄、台南、新竹、嘉义、花莲）的历史文化，进行审视梳理和系统介绍，充分展示了两岸之间深厚的历史文化渊源，体现了中华民族的悠久历史和灿烂文化。丛书的出版，融合了两岸文化人的智慧，开创了两岸出版业界合作的新模式。具体来说，有以下几个特点：

　　一是立足海峡、紧扣时代。丛书抓住海峡两岸27城市历史文化的精彩片段进行遴选还原，用历史的眼光加以辩证审视，用现代的情感进行勾画叩问，用精彩的文字和富有表现力的图片予以生动展示，使时代的主题得到了很好的诠释和表现。

　　二是选文精当、点面结合。丛书设置了"探寻历史遗存"、"拜访古代先贤"、"感悟绿色山水"、"品味地方风情"等章节，分别从物质文化遗产、历史著名人物、自然山水景观以及非物质文化遗产等层面，进行选文组合，将当地的历史文化、风土人情、民俗风情、城市面貌生动展示出来，让读者不仅感受到闽南文化、客家文化、妈祖信俗等两岸共同文化之根的深远影响，而且也感受了海峡城市群多姿的历史风貌和独特的现实魅力。

三是形式活泼、图文并茂。丛书以散文的手法探寻历史，注入现代人的情感，赋予较强的文学性和可读性；书中辅以大量精美的图片，图文并茂，具有很强的吸引力和感染力，既可作为散文佳作来品，也可作为乡土历史教材来读，还可成为外地读者了解一个城市的旅行读本。

四是两岸携手、创新合作。丛书从文化寻踪入手，由两岸业界携手，在图书的编写、出版、发行等各个环节建立紧密合作，在推动两岸合作上具有典范性意义。

海峡两岸各界对本丛书的出版都给予了高度关注。新闻出版总署署长柳斌杰为丛书题词。台湾知名人士连战、吴伯雄、宋楚瑜、王金平、江丙坤、蒋孝严、黄敏惠以及胡志强等也为丛书出版题词祝贺。

当前，两岸关系发生了重大积极变化，两岸和平发展处于进一步向前推进的重要机遇期。希望两岸出版业界抓住机遇，开拓进取，以文化为纽带，以发展为主题，以创新为动力，以项目为抓手，携手合作，共同努力，不断谱写两岸出版业交流合作的崭新篇章，建设两岸同胞共同的精神家园，推动两岸关系朝着和平稳定的方向发展。

（作者系中共福建省委常委、宣传部长）

目录

感悟绿色山水

品味地方风情

　　潮州建制历史悠久。自东晋咸和六年（331）设立海阳县以来，至今已有1600多年的历史，隋朝时撤郡设州，始称"潮州"。潮州市是国家历史文化名城、潮州文化的重要发源地，素有"岭海名邦"、"岭东首邑"等美誉，在新中国建立前，均为历代县、郡、州、路、府的治所，是粤东地区政治、经济、文化中心。潮州境内文物古迹众多，现有文物古迹728处，其中全国重点文物保护单位8处，广东省文物保护单位11处，是广东文物古迹荟萃之地。

探寻历史遗存

潮州市全国重点文物保护单位名录

名　称	时　代	地　点	公布时间
广济桥	宋—明	东门外，横跨韩江	1988. 1. 13
许驸马府	明	中山路葡萄巷东府埕	1996. 11. 20
笔架山潮州窑遗址	宋	城东笔架山西麓	2001. 6. 25
潮州开元寺	唐—清	湘桥区开元路	2001. 6. 25
己略黄公祠	清	湘桥区义安路铁巷2号	2001. 6. 25
道韵楼	明	饶平县三饶南联村	2006. 6. 25
韩文公祠	明—清	潮州市区桥东笔架山	2006. 6. 25
从熙公祠	清	潮安县彩塘镇金砂管区	2006. 6. 25

潮州市省级文物保护单位名录

名　称	时　代	地　点	公布时间
凤凰塔（又名涸溪塔）	明	潮州市区桥东涸溪	1978. 7. 18
葫芦山摩崖石刻	唐—清	潮州市	1978. 7. 18
王大宝墓	宋	潮安县归湖镇神前村	1989. 6. 29
镇风塔	元	饶平县柘林镇	1989. 6. 29
广济门城楼	明	潮州市区东门街	1989. 6. 29
海阳县儒学宫	明	潮州市区昌黎路	1989. 6. 29
大埕所城	明—清	饶平县所城镇	2002. 7. 17
饶平土楼	明—清	饶平县	2002. 7. 17
涵碧楼	民国	潮州市西湖公园内	2002. 7. 17
紫来楼	明—清	饶平县樟溪镇乌溪村	2008. 11. 18
黄冈丁未革命纪念亭	1934	饶平县黄冈镇中山公园	2008. 11. 18

动人春色在潮城

雷铎

潮州建置，始于隋朝，州治称"府"、称"城"，俗称"府城"，曾辖九县，地广物丰。时至 20 世纪 90 年代，建制一分为三，潮、汕、揭市并立，"府城"遂称"湘桥区"，名称之易，足见沧海桑田，白云苍狗。

潮城历史既久，文物极丰，韩愈治潮，是为煌章，潮州八景，名闻九州，故有"到广不到潮，白白走一遭"之说。

古城文化，源远流长，然则时代更迭，继古鼎新，时之所趋。今日之潮城，面貌日新，古干尚健，新枝更苗。邓公南巡，春风拂潮，政府"保护旧城，建设新城"之策，似如椽大笔，古城青春重焕，面目日新月异。

城之中区，即是旧城，古筑历历，诸祠尚存，明清小巷，原貌可寻，于晨夕之际，搭了三轮人力车，驰于石灰巷道中，古意盎然，仲春初夏，寻觅遗存市民古居，天井荷放，内室兰馨，数百年前潮人生活画面，依依可见，更有旧城墙、老城门、古木旧铺，记录着往时遗迹，温故而知新，难怪海外潮籍耆老，颠扑一生，叶落归根时，重觅古城古墙、古门古木、古祠古寺、古亭古井、古溪古桥，不禁感慨万端。

今之城东，凤凰洲上，长桥飞架，车水马龙，泰式佛殿，引异域之佳筑；慧如公园，立崭新之大观；"美人城"园林，成东方历史人文之本观。有游客，自九州而至，有远朋，自四海而来，旅游新去处，引人流连。今之城西，更辟新城，通衢交错，大道纵横，高厦拔地而起，新楼重绘宏图。古之八景，已成旧观，倘倡评凤城新八景，其况之盛，可推而知。

更前瞻，则今岁之末，铁路开通，客运剪彩，昔年中国首条民营铁路已成旧迹之潮州，结束60年"手无寸铁"之历史，诚堪嘉庆。再前瞻，第二条京九铁路之联结通潮，新国际机场之依潮境而辟立，三百门港口之兴建而通五洋，潮郡"偏安一

隅"之闭锁，便成往事。于其时也，海、陆、空畅达，水路、铁路、公路并通，当此两世纪之交，潮城翻开历史新一页，已是翘首可及的近景了。

自日军入潮，生灵涂炭，解放战争，民生艰难，建国之后，风雨如磐，更兼台澎邻毗，"战备前线"，如索在颈，闭关锁国，如箍在头，于是乎，地缘之不便，日复一日，造成潮民文化心理之内向。而今日大幕重起，热眼向洋，经济接轨于世界，眼光放展于全球，民俗民心，亦必为之改观。

由是故，千年旧治潮州府，一代新城湘桥区，欣逢盛世，重展雄威，昔日之海滨邹鲁，文明光复，旧时之昌黎旧治，再展宏图，前景光明复光明。雷铎诗云：

韩江入海水滔滔，千载兴亡说潮州。

盛世重开邹鲁象，如椽大笔续春秋。

潮 州 民 居

林桢武

我住潮州城，常常会一个人默默地去感受古城悠远的神韵。那些名胜古迹均已细细看过了，我经常能做到的是去逛老街小巷，探访亲朋，在那宁静幽深的民居中坐一坐。

潮州民居建筑风格跟北方不同，一般门大墙高，这大概是因为南方气候燠热，为纳风挡阳之故。室内夏冷冬暖。宽大的天井中有大瓷缸植荷花，墙角必种栀花、金银花、玫瑰等，一只花猫懒洋洋地在花下曝日。门顶老得很的黑瓦上长着仙人掌、雪莲花，不用人浇水而常年青苍，这是南方气候湿润的最好见证。在这些民居中，你可以看到精彩的潮州木雕，屏风、屋梁，处处展示着精巧的技艺。

你还会留意到庭院中那一口老井，不但方便居家生活，而且能调节室内气温，无不充满生活的智慧。

　　如遇雨天，撑一把雨伞，在小巷中走动，看姑娘们撩着裙裾，闪进某一住家。屋檐滴水，花木弄碧，多了一份寂寞心绪。这时，也可去敲朋友家门，饮杯热茶，品赏古字画。潮州不少人家藏有历代珍品，这是一座历史文化名城所必不可少的。

　　潮州古城中最大的街要数太平路，这是一条文化含量相当高的街。旧时大街有石牌坊几十座，表彰先烈乡贤、科场俊彦、名臣循吏。"大街看亭字"，康有为就说过每一块坊均有好字。画家林墉说，这是最美的城市雕塑。现仅存学宫前的"昌黎旧治"坊。太平路，留给后人的是一个感叹号。

　　在潮州古城图上可看到，潮州的街巷均横平竖直，民居则坐北面南，当然也有弯曲的，十二家巷便是十八曲巷，人人巷内不辨方向，据说，昔有一上联"到此难分南北"，无人能对。一日有才人进巷，说："就是这个东西。"人皆叫绝。

｜仰望古城墙｜

许崇乐

　　是乍起的秋风撩拨着我怀古的幽思，还是潮州市区环城东路建筑物全面拆卸的消息触发了我的兴致，使我想看一看古城墙的容颜？这，可说不清楚。但我还是迎着深秋的风，踏着落日的剪影，来到了环城东路。一步步地走去，一次次地仰望。可惜，刚刚拆卸了的高低不同的建筑物，仍阻挡住我的视线。那灰黑色的、赤褐色的古城墙，只是一小片、一小角、一点点地显露出来。远远望去，这些古城墙像是一个个饱经风霜的老人、一套套古旧残破的衣衫、一双双目光灰暗的眼睛。我的心忍不住紧缩起来。我体验到一种被遗忘的忧伤。

　　是的，是曾经被遗忘了。这长达 2.3 千米的古城墙，这现

存的潮州古城最长的城墙，这标志着潮州古城正式形成的建筑物，这目睹潮州近千年历史变化的见证者，好长的时间被遗忘了。

　　我不知道，公元 1054 年，太守郑伸动员民力全面维修内外城的时候，那个场面是否壮观；我也不知道，公元 1370 年，潮州指挥俞良辅组织民工把城墙向外移出的时候，能工巧匠是否众多。我只知道，建造城墙和维护城墙，除了军事上、水利上的目的和用途之外，还显示出社会的进步和经济的发展。近千年来，潮州古城东面这条城墙宛如一道屏障，抵御了外敌和洪水的侵袭；宛如一面巨镜，映照出时代的变迁；宛如一位神色凝重的巨人，默默地注视着人间万象。

但如今已是公元 2000 年了。城堤达标整治工程已经动工。这位被密密匝匝的建筑物遮盖了很长时间的巨人，终于苏醒过来了。

它睁开眼睛，看到被拆卸了的建筑物，看到了老朋友湘子桥，看到了旧相识笔架山，看到了秋天黄昏中轻快跳荡的韩江水，心底里该是一番什么样的滋味？

我仰视着它，怀着对往昔潮州辉煌历史的敬重注视着它，却难以描述出它此刻心中的激动和欢乐。

是的，当曾经被遗忘了的人，终于被人们所认识、所敬重的时候，总会感到异常的激动和欢乐。

我登上东门楼旁的城堤，顺着城堤走去。

在沉沉暮霭中，我俯视这忽隐忽现的古城墙，忽然想到朴素和庄重的魅力。古城墙的色彩并不绚丽，造型并不新颖，只有这样的灰黑色、赤褐色，只是这样高高地砌筑起来。但由于有深厚的历史内涵，有独特的无可代替的功能，它却引起我无尽的遐思和自豪的感情。朴素和庄重，是这位穿过历史风云、看过多少兴衰成败的巨人所具有的品性。俯视着它，也就是在阅读一部章节纷繁的历史书籍。

这部历史书籍即将醒目地展示在世人面前。

古城墙——屹立在环城东路上的巨人哟，也将以素朴和庄重，灿然呈现于人间。

我等待着这一天的到来。

难忘潮州石牌坊

丁岗 陈放

潮州牌坊街修复工程，目前已完成沿街建筑的整修设计和22座古牌坊的方案设计；众多海内外乡彦纷纷慷慨捐资助建。余生也晚，曾亲睹之府城牌坊虽只有"岳伯坊"、"省郎坊"、"忠节坊"等数座而已，对牌坊街的胜迹韵事却颇多留意，略有小得。

坊，按《辞海》的解释，既指"市街村里的通称，如街坊，村坊"，又指"店铺"（如茶坊）、"工场"（如槽坊、染坊）；牌坊，多用石建，旧时用以表扬忠孝节义或科第寿考等的建筑。牌坊一般以四立柱外加盖顶隔成三门三楼（或四楼）为其建筑形式，正如潮剧《苏六娘》中乳娘的一句台词所说的："像厝，却没有房间；像墙，却开了那么多个门？"

一提起牌坊，世人即联想起安徽歙县棠樾的牌坊群。该牌坊群坐落于歙县城西6千米处的棠樾村前，由7座巨型石牌坊组成，为建筑学界公认为"中国现存最大的古石牌坊群"。

或许有人要质疑：地处粤东的潮州自古以来是历代州、郡、路、府的所在地，经济繁荣，人文鼎盛，明清两代累建的牌坊，其数量之多在全国是绝无仅有的，仅城区就有石牌坊104座，位于太平路作南北向的有41座，东西向（在街巷口）

的有 15 座，规模不是远远超过棠樾吗?为何桂冠旁落呢?请注意，"最大的……"前面还有一个限制词——"现存"! 潮州太平路的石牌坊群，毕竟被拆卸已经 50 多年了（起因缘于 1950 年 12 月 19 日，太平路下水门街北侧"百岁乡宾坊"坠石砸死邮电工人而引发拆除全城石牌坊），当然未能得此殊荣，这不能不说是历史留下的一个遗憾。

现今拟修复的潮州牌坊街，位于太平路和东门街，路段总长 1948 米，修复的明清古牌坊 22 座（其中太平路 20 座，东门街 2 座）：修复将以原址、原貌、原工艺为基本原则，尽可能利用古牌坊遗存的构件，力求恢复其真实风貌和艺术特色，并保护太平路和东门街传统商业街的历史风貌。功成之日，潮州牌坊街，将当之无愧地成为"全国最大的石牌坊街"。

从现存图片及资料来看，太平路上古牌坊，都是四柱三门的形式，但是，一座一样，风采各异。坊额题字，或三字，或四字;书法风格，或遒劲，或雄浑;其安置在坊上的部位也不相同。盖顶处理成三座楼四座楼五座楼的都有。牌坊上铆接主柱与盖顶的梁、枋，以及穿插于其间的成屏饰件，有水波状、

团花状连续"花边",有简洁清疏的小方棱或门簪、印章型图案,有祥禽佳卉、戏曲人物、喜庆场面;柱脚,则护以云纹草尾、石鼓瑞狮,建筑上既起拱护立柱的作用,外瞻上亦收稳重壮美之效。与歙县棠樾牌坊群所体现的粗壮简朴的徽派风格相比,迥然有异。试想当年,五里长街,矗立着数十座巍峨的石牌坊,那该是一道气势何等恢弘的艺术长廊啊!

韩水春来碧,石"亭"愜旧观。复建后的牌坊街,无疑将成为集中展示潮州深厚历史文化积淀的主要窗口。盛世尚文,邑人欢跃。笔者谨以一位诗人的诗作结束这篇小文,诗云:

三唐迁客南中盛,两宋移宫岭外留。

人萃英华承雨露,巍巍牌坊壮潮州!

名城古寨记

曾錞

壬午岁孟冬，余游龙湖古寨。车子自潮州府城出，沿城堤逶迤向南，约三十余里，赫然有小寨，寨门呈拱形，上书"龙湖"二字，厚朴浑润，书丹勒石，深刻夺目。门右有石碑为明代嘉靖三十七年戊午立，记述当年刘公率民御倭事略，字偶有小残，更显岁月沧桑感。

此门为古寨北门。寨口有古榕数株，形态各异，皆翠叶赭躯，横空曲干，似龙腾跃。奇榕之下，遍地野菊，金黄灿然，一派古寂。

寨内直街长约三里，两边的街房，屋檐对屋檐，一条石板路，静而且洁，满排残旧古宅，气势非凡，即使若干角落废了，但仍有着古建筑豪宅的气势，叫人想起古昔的威壮和辉煌。

寨中巷陌纵横，小巷藏着名宅古第，巨祠精斋，仿佛一卷古书册："文翰第"、"明经第'、"大夫

第"、"进士第"、"御史第"、"太卿第"、"方伯第"、"侍郎第"……

最为著名的几条小巷，曰圆巷，曰客巷，曰夏厝巷，一律青石板路，巷狭而长，座座望族古宅，家家大门常开。巷的两边，都是仄仄斜斜的屋檐和围墙，虽不规则，但风韵无穷，墙上爬着常春藤、牵牛花，间或缀满花朵的紫藤。

大白天，小巷却是静的世界，只有一些老人小孩走动。看着一座座世家巨宅，令人莫不扼腕长叹，感慨古宅何其纵深：明代广西布政使刘见湖的宅院，三进二火巷一后包，格局穿整；潮州名人夏雨来祖宅环环相扣，书斋厅堂，曲径通幽。寨内老者指着一座门楣首勒刻着"陇西旧居"的古宅说，这是新加坡李政要的祖屋；指着"绣衣第"说这是明末陈御史的府第；这是南宋探花姚宏中的府宅；这是明状元林大钦的出生屋……

深巷中果然隐着一部历史，这古寨，荫养着一批名人学士。乍抬头，清代书法家吴殿邦、陈景仁等名流题写的额匾比比皆是，壁画石刻也不少出自清代名人之手迹。

最妙的是巷中有一巨宅，屋顶长着巨榕，根如网贴墙，叶蔽数十平方米，随势而筑形。远看如浓云翠绿，梢桠错综复杂，下有宅体石板撑着，荫凉一方，实为奇观！

行于小巷，想到王维名句："行到水穷处，坐看云起时。"龙湖古寨，自清以降，这座富甲一方、权倾八处的名寨便渐渐失去其早日的丰采，随着政治经济的发展，这寨中人走出古宅到新区去创建新天地，这古寨便留下了颇有文物价值的古屋民居了。

出了小巷，又上直街，几列大宅第，若干大祠堂，均堂堂凛凛。街尽头处，便是南门，也和北门一样，石砌拱门，也勒石书丹"龙湖"二字，笔力千钧，右下亦有一碑，刻的是夏雨来胜诉讼文。碑旁为龙湖书院，现为二中，莘莘学子，琅琅书声。余想起这古昔出秀才举人、进士探花的地方，读书应是传统了。

南门口若干古榕，千姿百态，榕之上是南堤，上堤看，有一绿洲，种满绿竹芭蕉，韩江水蜿蜒而过，悠悠向东。

古寨中，余购的一只插花青瓷瓶，可置案头，春插红梅，秋插黄菊，带着寨中文气，夜来伴余灯下作文，暗香浮动，文章会更有风韵。

当夜，余记此文存之。

开元古刹忆春秋

黄国钦

"姑苏城外寒山寺，夜半钟声到客船。"天宝进士张继，以一首《枫桥夜泊》诗，把一座清清淡淡的寒山寺，千古传名到于今。而与张继同一朝代的杜牧，又写出"南朝四百八十寺，多少楼台烟雨中"，那种恬适淡然的氛围，自然让人对缥缥缈缈的禅佛寺，生出悠悠绵绵的思慕。就在杜牧歌吟烟雨中的四百八十寺的时候，在南方的潮州城，早已经在唐玄宗开元年间，盖起了一座宫殿式的朱墙红瓦的开元寺。

悠悠岁月，浪淘尽多少千古英雄事。而开元禅寺，却在几十万个晨钟暮鼓的古刹梵唱声中，唱出了一个个令人向往的故事……

1937年，中华民族正处于水深火热的灾难之中。就在那一年的浴佛节，年轻的和尚智诚法师，在佛祖释迦的面前许下了庄严的宏愿：为求世界和平、人民安乐，愿不惜生命，献出舌血，敬书一部《大方广佛华严经》。于是，从这一天起，每天用利刀刺舌一粒米深，让汩汩的鲜血滴满了两只茶盅。然后，就蘸着这殷红殷红的舌血，书写着一部罕世的"血经"。这弥足珍贵的 70 万字 81 册的《华严经》，如今，就保存在开元寺的藏经楼。

在那风雨如磐的岁月里，一个四大皆空的僧人，就这样用他那一缕伟大的慈悲的僧魂，为潮州开元寺，也为中华民族，为度一切苦厄的佛教，也为绵绵不绝的历史，留下了一份血写的见证，也留下了一部旷世的珍宝！

与《华严经》一样弥足珍贵的，是 1670 种、7250 卷的《大藏经》。现在，这部卷帙浩繁的佛经，就置放在藏经楼的楼底下。透过历史的帷幕，我似乎看到乾隆三十年，那一队风尘仆仆的八旗子弟兵，车辚辚，马萧萧。是他们捧着一面书写着"奉旨颁供龙藏"的杏黄小龙旗，把乾隆皇帝颁赐的《大藏经》，迢迢万里护送到潮州开元寺。

古老的岁月，就这样给开元寺增添了迷人的色彩和瑰丽的传说。最有趣的是，传说有一次，几个好赌之徒躲在金刚殿金刚的手心上聚赌，官府闻讯后派出了精明的捕快赶来捉拿。赌徒们一见大事不妙，都偷偷地躲进了金刚的耳朵里。于是呢，关于开元寺的佛像究竟有多大，从这个传说中就可见一

斑了。

从开元那时到现在，千余年的岁月，就这样匆匆地过去了。如今，占地一百亩的开元寺，你能让旅人慰藉的，又该有几多珍贵的文物呵：唐代朝鲜僧人奉献的铜香炉、宋代铸造的大铜钟、元代陨石刻的大香炉、明代金漆木雕的千佛塔……那么，最大最堪宝贵的文物，却是文化名城闹市中，这一片"梵天香界"的开元寺。哦，难怪，面对你，连爱国诗人丘逢甲，也要"扶醉寻碑唐代寺"了。

登楼晚眺（四首选一）
[清] 丘逢甲

江城春气晚冥冥，腊鼓声中酒未醒。
扶醉寻碑唐代寺，碧桃花蚀石幢经。

祭鳄台怀古

曹华兴

　　古城潮州北郊，韩江堤
上有一座标致奇巧的亭子，
它为纪念唐朝韩愈而建，名
叫祭鳄台。秋风季节，登临
祭鳄台，别有一种思绪涌动
于心头。

　　祭鳄台位于韩江北堤，
设计精巧独特。四根石柱，
撑起了雕石嵌成的亭身，
四周摆着几张可供游人歇坐
的石椅，亭中心竖着一块大
石碑，碑上便刻着闻名世上
的韩愈的《祭鳄鱼文》，一

只石雕的鳄鱼龟缩在碑底下，恭敬惶恐，栩栩如生，仿佛正
心惊胆战地接受一次庄严的洗礼，亭前立一石台处，大约当
年韩愈便站在那儿宣读祭文，台前石块题着三个苍劲的大字：
祭鳄台。

　　站立亭中，轻声吟读祭鳄鱼文，重新走进历史，我不禁

浮想联翩。唐朝时，韩愈得罪皇帝被贬至潮州。到潮州当官后，韩愈开风化，兴教育，办了不少为人称道的善事。那时，韩江潜生着鳄鱼，常常窜上河堤伤害人畜。他下令在江畔摆祭品，先投以猪羊，再诵读祭文，着令鳄鱼饱食之后速离韩江。据传此后韩江的鳄鱼灭绝了。正是："佛骨谪来岭海因而增重，鳄鱼徙去江河自此澄清。"

后来，潮州日渐兴隆，人们感念韩愈的好处，千百年来频频传颂，几乎每一个潮州人都知道韩愈祭鳄的善举。尽管人们已明白鳄鱼灭绝的原因：韩江沙土增多，河床变浅，气候变化，鳄鱼失去宜于栖身的生态环境，只好移向出海口，最终灭绝，但韩愈这位历史名人却已经深深地印进潮州人民的心海里。"溪石何曾恶，江山喜姓韩"，一千多年过去了，人们依然记得潮州有过这么一个父母官，为潮州的发展立下了汗马功劳。

亭不在小，有名则灵。全国各地旅客慕名争相涌来，祭鳄亭里游客络绎不绝。人们或吟诵亭中碑文，或眺望峻拔的远山，或肃立凭吊先人，或拍张小照作个纪念，无不流露出对先贤的敬仰和怀念。堤绵绵，亭悠悠，举目惟见对岸群山苍茫，韩江滔滔南下，山水互相掩映。小城潮州，古色古香与现代气派互相弥补，伫立柔和的风中，不由使人怡然心醉。

祭鳄亭东南面笔架山下，韩文公祠香火正盛，不正是流芳千古的最好写照吗？一代文宗被贬前已享盛名，他敢说敢做，勇于进谏，才遭贬谪，到潮州后功绩显赫。因此即使祭鳄亭不建，韩愈仍会活在人民心中。

我深为韩愈惋惜，一心振兴潮州而未能看到今日盛况。昔日的荒凉之地如今已经新楼林立，街道四通八达，车辆川流不息……更为牵动人心的是，潮州已被国家批准为历史文化名城，成为广东的旅游胜地。一颗璀璨的明珠，闪烁在江南。

秋风中，我拜读着感人的历史。凝眸祭鳄亭，它分明抒写着一个故事，一部历史。

潮州八景诗之鳄渡秋风

[清]郑兰枝

轻舟渺渺逐清风，载向西来复向东。

人立晴波秋水绿，叶飞远浦晚霞红。

一溪爽籁韩潮阔，两岸凉飔鳄渡空。

自是祭文神妙处，于今歌咏在江中。

从熙公祠

林焕民

从熙公祠位于桑浦山麓东面，梅林湖的北端的彩塘镇金砂村斜角头，是由旅居马来西亚著名侨领陈旭年耗巨资，于清同治九年(1870)开始兴建，光绪九年(1884)竣工，经时 14 年。祠坐东向西，分两进，中间为天井。两边有廊轩，后厅有抱厦，形成四厅相向格局。两边配有火巷，面宽 31.22 米，深 42.25 米，屋顶为斗拱抬梁式木结构，厅地面铺大理石砖，祠内屋架抱厦及所有梁、桁，均穿插精美木雕，极尽当年潮州木雕之精华，整座建筑物显得富丽堂皇，具有很高的艺术价值。

从熙公祠最具代表性是祠堂石门楼肚的石雕群，整个门楼全部由石雕组成，大门前面是一对顾首相望的石狮，正门两边有两个圆滑细润的大石鼓，门上端是遒劲有力的"从熙公祠"石牌匾，石桁上双面镂刻各式各样、琳琅满目的鱼虫花鸟石

雕。尤其是镶嵌于门楼肚四面的四幅士农工商、渔樵耕读、飞禽走兽的石雕，利用"之"字形的构图，采用空雕、通雕、镂雕等雕刻手法，把人物、山水、花鸟刻画得惟妙惟肖、活灵活现，具有很强的艺术感染力和视角冲击力。特别是"渔樵耕读"上的石牛索，牛背上的牧童手牵细如火柴的镂空的石牛绳，更是巧夺天工，让人叹为观止，堪称石雕艺术的一绝。

据陈旭年的直系四代后人陈炳正老人介绍：当时为了打造这些精美的石雕，陈旭年专门请来宫廷匠师，共三代五个人。每天供其好茶好烟，在其精神旺盛时便雕琢 2 小时，但是这样打了 3 年，仍是以失败而告终。可是，陈旭年不但没有就此放弃，反而以更大的诚意把石匠请回，加倍招待，并为其在家乡建屋置业。这样经过匠师们呕心沥血，最后才将这条堪称一绝的石牛绳打造出来。可惜，这条匠师们苦心打造的牛绳，在抗日战争时期，却给人观看时不慎拉断。后来，陈老的后代多次请人修补，虽恢复目前的形状，但与原貌还是相去甚远。

陈旭年虽然从小离开家乡，但却深受传统文化影响，有较强的爱国爱乡的情结。在其创业得志后，看到外国列强大肆入侵中国，便毅然出巨资捐助当时北洋水师的建设。据陈炳正老

人介绍：当时，由于陈旭年与洋务运动的主要人物之一的李鸿章有过往来，加之向清政府捐巨资救济灾民有功，故受到清政府的褒奖。其次子睿澎还被提拔为江西南康府正堂，赴任时还带大量的银元救济当地的灾民。不幸的是，睿澎在江西南康府只主事了99天，便因痢疾而去世。

如今，在从熙公祠的左侧的睿澎公祠的石壁上还留有当时的挽联：

民贫土瘠，市面萧条，数十载见此好官，正喜地方有幸。
政简刑轻，关防严肃，一百日疾及君子，何其天道无知。

渔樵耕牧四咏（选一）

[元]郭真顺

目断羊肠险，身骑牛背安。
夕阳芳草处，短笛数声寒。

葫芦山摩崖石刻

黄泽雄

　　葫芦山位于潮州市西北隅西湖公园内，因山似葫芦而得名。该山峭石幽洞，恬静深邃；碑林石刻，琳琅满目，足供欣赏缅怀，发思古之幽情。这些石刻是前人览胜抒怀留下的题咏墨迹。一千多年来，备受前人赞赏和重视。《舆地纪胜》、《潮州府志》、《西湖山志》等古籍，都曾收录过其中的石刻碑目，足见它的历史文物价值了。她像一颗颗明珠点缀着美丽的湖山，焕发出璀璨夺目的光彩。

　　葫芦山摩崖石刻，是广东省重点文物保护单位。这些石刻，上可追溯到唐代，近的至明清。全山原有石刻 225 处，现存 163 处，大体上北部多唐宋石刻，南部则多明清题镌；文体有诗词、典赋、铭文、告示、警言、对联等类。内容记述了历代潮州的政治、经济以及人文风俗、山川吟咏、湖山兴废等。书

体繁多，楷、行、草、隶、篆俱全。真是千姿百态，异彩纷呈。

葫芦山石刻，以南岩吕仙洞、青牛洞周围，北部寿安岩、李公亭一带较集中。

南岩，又称西岩，位于葫芦山的西南侧，沿山腰小径经"晋同塔"便可到达，这里崖石层叠，千姿百态，是湖山风景的胜处。

由巨石叠垒而成的"青牛洞"，其洞侧门檐上凿有"古瀛洞天"四字，刚直浑厚。这"古瀛"是告诉人们，潮州在梁代就称"瀛州"。在洞下方，有晴川氏刘魁所题的《泛舟西湖诗》二首，诗文、笔法、刻工俱佳。侧面，刻有清代潮人林大川所题的七绝一首："水色山光入画图，果然西子比西湖。名区自是传千古，管领何庸待大苏。"诗人是这样赞扬了西湖的山容水貌，写出了故乡一幅美丽的画图。

古洞周围，还有"老君洞"、"吕仙洞"、"松间石照"、"游目骋怀"等多处风格迥异的石刻。在这碑林书海中，更值得一提的是"古瀛洞天"旁卧龙岗对面的石壁上，有清道光五年丁秉贤写的"湖山图画"草书，字幅两米见方，赫然夺目，雄浑苍劲，气势磅礴，这种一笔千钧的笔法，在潮州是罕见的。人们游览西湖，常在此巨石之下盘桓驻足，叹为观止。

沿湖畔林荫道往北面走，到达湖清亭，但见山岩叠垒，古树凝烟，楼阁亭台，幽雅清新。"李公亭"、"烟霞笑傲"、"仙客留题"等石刻星罗棋布，共有二十多处，以唐宋时期居多，是葫芦山石刻的重要部分。

由盘山小径拾级而上，迎面一个石洞挡住去路，洞口赫然题着"寿安岩"三个大字，是宋绍兴二十八年(1158)延陵吴被的手笔。在寿安岩左侧，有一块横倒的巨石，上刻有明万历十年(1582)蔡德璋等12个举人的名字，传说这巨石原来是连在寿安岩上的，后来清兵入关，这批利欲熏心之徒，在国难当头之时，投靠了清统治者，因此遭雷劈裂，横躺在地。

走进岩洞，有巨石当头兀立，疑是无路，但当您弯腰屈膝而出，豁然开朗，令人有"柳暗花明又一村"之感。一个小亭，挺立在怪石奇峰之上。四周参差错落的石刻，如"烟霞笑傲"、"贤者乐此"、"活人洞"等扑入您的眼帘。倘若回转头来，迎面的石壁上则题刻有"胡然北斗宿，化石落人间。天不生奇石，谁擎万古天"的诗句，状物托意，生动贴切。

过小亭，峰回路转，沿小道登上峰顶，极目远眺，您才会真正体会到

"胜地堪侑谑，能消万斛忧"的妙处。

在景色清幽的葫芦山上，还可欣赏到许多散置在山麓间的碑刻，如北宋天禧四年(1020)俞献卿的《葬妻文》、南宋绍熙年间许骧的《重辟西湖记》、元至顺三年(1332)王用文的《潮州路韩山书院记》、明万历年间唐伯元的《南岩记》等等，这些对研究潮州历史有重要的价值。

葫芦山摩崖石刻，被誉为潮州"历史的橱窗"、"书法的艺林"，虽饱经岁月沧桑、风雨蚀剥，但经政府多次拨款先后修缮一新，现正以典雅秀美的风姿，迎接日益增多的游人嘉宾。

题青牛洞壁

[明]章日慎

小洞山寺石径斜，探幽飞冥入烟霞。
平临坛寺三千界，俯瞰江城十万家。
槛外徘徊看海色，樽前笑语落天花。
古瀛文物从今盛，仙迹禅栖未足跨。

韩祠橡木

韩 项

　　韩祠位于潮州城东的笔架山麓。在南宋初年，原是一座小庙，叫忠佑庙。庙边有一小亭称韩木亭，宋孝宗淳熙十六年(1189)，潮州知军州事丁允元因迁城西南的韩山书院至东山(即今韩山)，为祭祀韩愈，便在笔架山麓重修了韩祠。

　　据史书载，韩愈于唐代元和十四年（819)，因谏迎佛骨，被贬刺潮。就任潮州刺史的八个月里，他关心民间疾苦，写了《祭鳄鱼文》，传说因此把为害人畜的鳄鱼祭跑。韩愈还整顿乡校，兴办教育事业，把中原的文化传播到潮州。潮州从此人文

荟萃，赢得了"海滨邹鲁"美
誉。后人缅怀韩愈的政绩，就
在他经常登临和亲手植下橡木
的笔架山麓建祠造亭。所谓
"橡木"，就是古代岭南不常见
的橡树。潮州古代的学子视之
为神树，把其开花作为吉祥之
兆：橡花繁盛与否，可卜登第
人数的多寡。每当花开时节，
骚人墨客聚集如云。遗憾的是，
橡树据说到了清代末年已不存
在了。

　　韩祠这座古老的建筑物至
今还比较完整地保存下来。祠
的周围绿树簇拥，古木婆娑，
门对数十米树影斑驳的林荫大道。祠前那棵形状奇特、苍劲挺
拔的木棉树，像巨人年年月月拱卫着韩祠。韩祠隐藏在浓阴之
中，更加引人入胜。韩祠建筑简朴典雅，墙壁全用水磨青砖砌
成。工艺精巧，砖块之间不镶灰质，平整无间，是研究宋明古
建筑的有价值的实物资料。祠内分前后两进，后进比前进高七
尺。沿石阶拾级而上，映入眼帘的是林立的石碑。历代名士游
客题刻的诗词、对联、题词等，饱经沧桑而保存下来，虽吉光
片羽，却弥足珍贵。如吴兴祚题韩祠诗碑："过桥寻胜迹，徙
倚夕阳限；绿水迎潮去，青山抱郭来。文章随代起，烟瘴几时
开?不有韩夫子，人心尚草莱。"整首诗怀古抒情，情深意切；

诗碑书体潇洒飘逸；刻工精致，刀法凌厉。祠中有一石鼓篆体碑，似乎是"传道纪彰"的字样，但也有人另作他说，尽管名家纷至沓来争论不休，可是至今尚未定论。还有收入《古文观止》等古籍的千古名篇：苏轼所撰《潮州韩文公庙碑》石刻(后因碑残迁入潮州西湖公园)。琳瑯满目的碑文，不胜枚举。旧时的祠内还有韩愈、仆人张千、李万和韩湘子、陈尧佑(宋朝潮州通判)、赵德(唐朝进士)六尊塑像。可惜屡遭动乱，塑像已毁。

古老的韩祠，它那斑斑驳驳的身躯，仿佛镌刻着一部潮州文化的发展史。

东湖春晓

胡 冬

过湘子桥，至韩文公祠下面，穿过笔架山五百米笔直宽敞、灯火通明的隧道，眼前便是山清水秀的东湖。每回到东湖，唤人忆起古往今来多少事。

首先是韩愈。他被贬潮州的时间虽然只有八个月，但他却在这里为人民办了许多好事，兴建东湖是其中的一件。建国后，考古工作者就曾在这里的山麓发现过唐代的青砖、红砖。根据府志记载，韩愈把"四山环抱，一水汀泓，周围一百八十丈"的地方辟为东湖。他在湖中栽荷植柳，放养鸳鸯，沿湖建湖山亭、清暑水月二观。

名字和东湖连在一起的还有宋朝的刘允和其长子刘昉。他们是今潮州东津人，距离东湖只有几里路。刘允是哲宗绍

33

圣四年进士。刘昉是徽宗宣和六年进士。北宋末年，正是强寇当前、国势日蹇的年代，百姓苦不堪言。刘允在他管辖的州县里，屡次减除苛捐杂税，查办贪赃枉法。例如：化州盛产玳瑁、翡翠，地方县吏为了巴结朝廷，常以进贡特产为名，趁机敲诈百姓。刘允到任化州知州之后，摘去人民脖子上的这个桎梏，受到百姓赞扬。金国统治者入侵中原，敌骑纵横，他坚决主张抗击金人，反对和议，后竟被弹劾。妥协退让、苟且偷安的受到重用，主张抗敌保家的遭到弹劾、罢黜。看到这种情形，素志未酬的刘昉回到潮州后，经常与被贬来潮州的名相赵鼎、抗战派王大宝相聚一起，关心谈论民族安危的大事。他曾写过一首诗："君家旧蒲阳，到处即仙乡。梅镇旌旗返，翠峰花草香。菽水味何旨？椿萱寿花长。桂冠不妨早，名德重韩江。"这诗是他赠给因痛恨秦桧而归隐梅州的刺史丘君与的，字里行间洋溢着对反抗者的崇敬，对投降者的鞭挞。无论天地怎样翻覆，历史上凡是为人民做过好事的人，人民都没有忘记他们。刘允死后便被安葬在东湖的狮头山右侧，宋高宗赐给他"上柱国左金紫光禄大夫"的称号。刘昉

死后，则赐葬于狮头山下。每逢春秋两季，后人都纷纷前来扫墓，凭吊先贤。现在这两座八百多年前的宋墓还保存完好。

　　春末夏初，东湖四面的山冈上，苍松浓翠欲滴，雪白的金英花、粉红的桃金娘花、火红的杜鹃、淡紫的野牡丹绣遍山坡花圃，散发着诱人的香气，银练般的山泉，叮叮咚咚一齐纷纷从山上奔聚东湖，撒满一路的雪花玉屑。我们说东湖今天是美丽的，明天将更媚人。

韩　山

[宋]刘　允

惆怅昌黎去不还，小亭牢落古松间。
月明夜静神游处，三十二峰江上山。

凤城古井

郑健生　陈立伟

　　凤城城内，有一眼至今已有九百多年历史的古井——"义井"。几百年来，人们一代代地饮用着古井的泉水，也一代代地流传着古井的传说。南宋末年，宋帝昺因被元兵追赶，和大臣陆秀夫、张世杰等逃到潮州，一路日夜兼程、风餐露宿，累得精疲力竭。这批久居中原的达官贵人，白炽炽的太阳把他们烤得浑身冒烟，口渴难挨。进城后，他们急匆匆遍处找水解渴。在兵荒马乱、危机四伏的环境，人们都不敢轻易外出，到何处去找水呢？他们急得像热锅中的蚂蚁一样，在这闷热而寂静的街道上团团乱转。忽然，前面出现一眼井，他们

顿时欣喜若狂地围了上去，时值正午，清凉的井水像一面镜子映出他们兴高采烈的脸庞。转而，他们发觉四处找不到汲水的工具。帝昺不由抚膺望井兴叹。忽然井水翻滚猛涨至井面，信手可掬。惊喜之余，他们纷纷俯身贪婪地吮吸着甘甜的井水。帝昺临行前，扶着井沿恸哭不止，喊道："井亦知君臣之大义，朕将何以

报之？"于是，后人把这眼井称为"义井"。

在凤城北郊的凤眼乡，有一名叫"凤眼井"的古井，井水清冽、味甘质纯，传说是创乡者所挖，所以被命名为乡井，誉称"凤水"。古昔，在凤眼乡附近的寺院、僧舍及毗邻村寨都以凤眼井的井水食用，而慕名前往汲取的人更是络绎不绝。乡民们欢度新年的第一个节日——"捞柑节"就是在这眼井边举行的。每当大年三十，便由乡中有名望的长者把12个"如意柑"投入井中，然后，将井封闭。据说，这12个"如意柑"象征1年的12个月，预示着来年风调雨顺，五谷丰登，且谁能捞到"如意柑"，便能万事如意。翌日，天边刚透鱼肚白，乡民们早已身着节日盛装，扶老携幼兴高采烈汇于井边。来自

各家各户的男男女
女手提水桶，准备
捞"如意柑"。忽
听一阵喜炮齐鸣，
长者便启封开井，
顿时井边一片欢
腾。大家争先恐后
地把水桶投于井
中。桶是那样的

小，人又是如此之多，你的桶碰到我的桶，他的桶压着你的
桶，那12个若浮若沉的"如意柑"早已被桶淹没了，若要捞
到一个实非易事。尽管捞柑节多少带有点迷信色彩，然而它
却反映了古城人民对美好生活的追求和祈望。

凤城古井举不胜举，它们像"潮州八景"一样，博得人
们的赞美，当羁客们远离家乡的时候，总要带上一壶家乡的
井水，当游子返回故土的时候，也总爱喝一口清凉甘美的井
水，滋润那日夜思念故乡之心。

美不美呀，故乡的水!

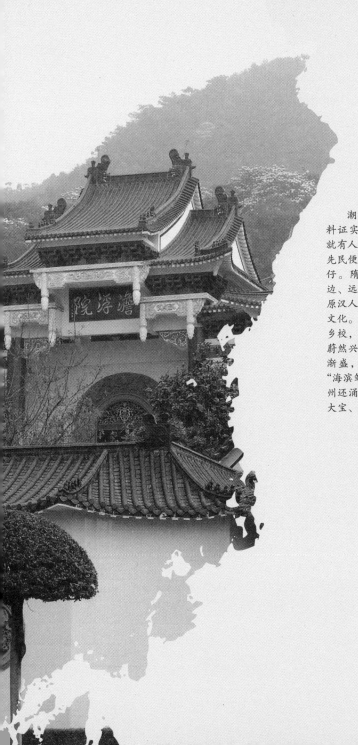

潮州自古人杰地灵。考古材料证实，潮州至少在5000年前就有人类居住。远古时代，畲族先民便创造了口头文学——畲歌仔。隋唐以后，随着战乱、戍边、远谪和民族大迁移，大批中原汉人南来，带来了先进的中原文化。尤其是韩愈贬潮后，重置乡校，延师兴学，使潮州的文风蔚然兴起。经宋、明数代，人文渐盛，名贤辈出，潮郡被誉为"海滨邹鲁"。在历代的殿试中潮州还涌现出状元林大钦、榜眼王大宝、探花姚宏中这样的英才。

拜访古代先贤

潮州市一甲进士名录

姓　名	廷试时间	名　次
林大钦	明嘉靖十一年（1532）	状元
王大宝	宋建炎二年（1128）	榜眼
姚宏中	宋嘉定元年（1208）	探花

潮州十相名录

姓　名	籍　贯	朝　代
常衮	陕西西安	唐
李宗闵	不详	唐
杨嗣复	河南灵宝	唐
李德裕	河北赞皇	唐
陈尧佐	四川阆中	宋
赵鼎	山西闻喜	宋
吴潜	安徽宁国	宋
文天祥	江西吉安	宋
陆秀夫	江苏建湖	宋
张世杰	河北涿州	宋

（注：潮州乃"十相留声"之地。"十相"指唐宋年间曾任宰相职，而先后被贬或因抵御外侮转战到潮州的十人。）

千古风流潮州城

黄国钦

　　记得小时候，是常常要到韩山麓的韩文公祠玩耍的。那时，韩公祠前那两棵韩公手植的橡树，已经年久不见踪影了，却有一株高可擎天的木棉树，铁骨铮铮地耸立着，给八百年前的祠堂，撑出了一片森然的肃穆和暗绿。

　　韩山的林木是常绿的。一年四季的绿叶，就掩映着一座绿色的青砖砌就的祠，还有祠旁苍苍的绿苔下，那一道流水潺湲的深深的涧。

少年不知愁滋味。我们就在这落满绿叶的祠堂前，春鸟寂寞的啁啾里，拾一朵朵树上洒落的红棉。

那时候，我们不懂韩山麓上为什么要盖一座韩公祠，韩公祠里的韩文公，为什么又要受潮州人世代的景仰和崇拜呢？

后来读诗书，才知道了历史上这位韩文公，于潮州是大有恩惠的。

古时候，远在天涯海角旁的潮之州，曾经是一个荒凉的地方。府书上写着，那时候，这里陆上有野象出没，溪河有恶鳄吃人。在中原人的想象里，这里就成了不毛之地的"蛮境"。"风雨瘴昏蛮海日，烟波魂断恶溪时"、"恶溪毒瘴聚，雷电常汹汹"，就都是形容当时的情形的。

但是，悲吟过"海气昏昏水拍天"、"好收吾骨瘴江边"的韩愈呢，流放到了潮州后，却没有心思去消沉。"潮阳文物区，韩公实肇造"。启贤才，开风化，兴教育，办公学，就是韩公的大作为。"至今潮阳人，比屋皆诗书"，"岛屿绝无田二客，诗书多似鲁诸生"，"不有韩夫子，人心尚草莱"。这些是不是表明了，崇文重教的潮州人，读书之风肇于此？又记得小时候，又常常要到太平路上去玩的。那时候，十里繁华的太平路，是全国独一无二的石牌坊街，四五十座石牌坊，就沿着那条窄窄的街，一溜儿古色古香地排开来。孙中山、周恩来……那些中国近代历史上的英雄汉，就都曾经跨骏马，"滴滴答答"街上过。

在潮州人的心目中，石牌坊街的石牌坊中，"十相留声"的大牌坊，是尤为值得珍重的。那一座高古嵯峨的牌坊，是潮州从蛮荒走向文明的历史见证，是中原文化与岭东地方文化交融的记录。一个国家的历史文化的名城，从这座巍巍的牌坊里，是可以看到她的缩影的。

古时候，这个后来被称为"岭海名邦"、"岭东首邑"的地方，曾经是一个犯罪官员的流放地。韩愈之后呢，还有很多宰相被贬到潮州。唐朝的常衮、李宗闵、杨嗣复、李德裕；

宋朝的陈尧佐、赵鼎、吴潜；再后来，到过潮州的宰相，还有正气浩浩的张世杰、陆秀夫和文天祥。能够身为百官之首的这些人，都是具有很高的文化素养和组织领导能力的。于是他们的到来，就给"有海无天地"、"有罪乃窜流"的古潮州，带来了中原泱泱的文化。

那个唐朝的常衮，到潮州之后就花心血"办学校，劝农桑"；贬做潮州通判的陈尧佐呢，则"修孔子庙，作韩吏部祠，选潮民秀者劝以学"。于是后来，陈先生返回京城后，在送别登第的潮州举子时，对他曾经洒过心血和汗水的地方，由衷地咏赞："休嗟城邑住天荒，已得仙枝耀故乡。从此方舆载人物，海滨邹鲁是潮阳。"于是，一个被誉为"海滨的邹鲁"的潮州，就从这个时候起，开始了千古风流的历史。

"地瘦栽松柏，家贫子读书。"礼部尚书王大宝，就是这样向宋朝的孝宗皇帝，介绍家乡潮州的风尚的。而今，在太平路的这些石牌坊中，最使潮州人骄傲的，正是这些选举坊：四进士坊、五贤坊、六贤坊、七俊坊、状元坊……这是唐宋以来，中原文化与岭南文化交融结出的硕果。也是古时候潮州人杰地灵、人才辈出、人文荟萃的明证。

是啊，宋朝的时候，潮州就出过了榜眼王大宝、探花姚宏中，明朝和清朝呢，更出过了状元林大钦和黄仁勇。

据地方志记载，自唐宋以来，单单潮州府治所在的本土，进士及第的，就有182人。于是，在中原人的眼睛里，潮州不再是"鳄鱼大于船，牙眼怖杀侬"，"飓风有时作，掀簸真差事"的地方了。现在，灵灵秀秀的潮州，在往来官旅的眼里，是"潮阳山水东南奇，鱼盐城郭民熙熙，当时为撰元圣碑，而今风俗邹鲁为"；是"看着南州奇观了，人间山水不须看"的胜地了。

于是，那个树被称"瘴树"，花则谓"蛮花"的"鬼地方"，就变成了白居易、贾岛、梅尧臣、周敦颐、王安石、苏东坡、杨万里、朱熹等历代诗人吟咏的地方。"不必凤凰山上问，此山东向西湖平"，"抱郭环湖秀一峰，仙关佛阁架重重"，"溪流横过一弯碧，山色平分两岸青"，"此若有田能借客，康成终欲老耕耘"。

　　"山川钟灵秀"，"天遥眼界宽"。在中原文化的熏陶下，"直到天南潮水头"的潮州城，历史上就出过了许多知名的文人和学士，出过了许多的名宦和名流。历朝历代的史书上，便把这些人称为潮州的前八贤、后八贤、前七贤、后七贤；后来呢，还有明代的前七贤和后七贤。而培养出人才的学校呢，是一如既往地存在着。现在，漫游潮州古城区，还可以历历在目地看到，唐宋时"笑谈面生春"、"诗书相讨论"的城南书庄、元公书院，元朝时的韩山书院，也还完好地保存着，成为现代教书育人的好地方。

　　"旧日潮州底处所，如今风物冠南方。"南宋诗人杨万里，八百年前的诗歌，在岭东岭南的大地上，就这样日夜不停地吟唱……

聚焦韩愈

从维熙

中国民俗谚语中说：山不在高，有仙则灵；水不在深，有泉则秀。这儿的山上无仙，江中亦无流泉戏水，但是地处潮州境内的韩山、韩江，却名冠广东大地，成为大海之滨一道奇异的人文风景。何故？只因为唐代文人韩愈被贬官离开长安后，曾在这儿当了不足一年时间的地方小官。他似乎比"仙"和"泉"更具有震撼和感召力量，使原本为他姓的山和水，后人将其统统改为韩姓：山易名为韩山，水易名为韩江。笔者应邀去潮州师院讲演时，在校园门前看见学校的门楣上，也刻着韩山师范学院的字样。一个唐代的文人，在贬官后的失意之时，

居然使江河易姓，不仅在中国历史上为绝无仅有，其本身还是一首千古绝唱。因而我在潮州驻足的时日，留给我的不仅是"前无古人后无来者"的怀古的咏叹，还启迪笔者从韩愈的曲线人生经历中，似又找到一面为文为官之道的明镜。

　　韩愈何许人也?昔读《昌黎先生集》时，知道他是河南河阳县人，号昌黎，为唐宋八大家之一，因其诗文磅礴隽永而名扬天下。此外，史书记载他还是一位正统儒理学家。因其一贯以孔孟之道，反对佛门道院之玄学，在唐宪宗十四年(819)，他担任监察御史官爵时，因上书皇权阻谏宪宗皇帝兴师动众去奉迎一块佛骨，而被贬官到粤海之边当潮州刺史。

　　纵观古代文人，被贬官者多多，凡是直抒其心意的文人，大都留下仕途失意被贬官和流放的历史。仅以唐代为例，文人中的李白、白居易、骆宾王、刘长卿、柳宗元、宋之问、张九龄、王昌龄、刘禹锡、元稹……但不同的是，他们在人生低谷中的行迹，却有着千差万别——可以这么说，其中几乎没有一个人的足迹，能与韩愈的生命旅痕媲美。这些文人雅士，大乌纱帽一旦变成小乌纱帽，多表现得心灰意冷，在自舔伤口中，写出些悲悯自怜的诗歌；而韩愈与众不同，尽管他在被贬官的路上，也曾写下"好收吾骨瘴江边"的自怜诗章，但到了潮州赴任之后，却将自身伤痛闲置一边，把庶民百姓冷暖放在了至高无上的位置。

笔者沿韩江而行时，江边有一座古亭映入眼帘。停车仔细观看，见亭内有一石碑，碑下压着一条鳄鱼石雕。当地友人为我解疑说，这是后人为纪念韩愈带领当地百姓的驱鳄之举而建立起的功德碑。韩愈初到潮州上任之日，正是潮州江河鳄鱼成灾之时，当时的黎民百姓，因为继承了远古的迷信传说，认知鳄鱼为水中之神灵；每到鳄鱼成灾时，都向江里投下屠杀了的牛羊猪狗等生灵，以求平安。韩愈一向尊重孔孟正统儒理之道，反对神鬼的玄学之说，便不顾疲劳地日夜游说于江水之边，宣扬除鳄才是自我拯救之良策。在其不懈的努力之下，终于获得了善果，不仅将为害一方的鳄鱼驱之于海，让潮州百姓从"江神"的精神奴役中解放出来；还以驱鳄为兴修水利机遇，打开引水浇灌之门，给封闭的沿江大地，带来五谷丰登的年华。因而，后人一直垂念其德政，在江边立起这个临江亭和亭内的功德碑。其影响之大穿越了时空，直到明朝嘉靖年间，礼部右谏沈伯咸，还特意在韩山写下了"功不在禹下"的碑文，以示对贬官到潮州后韩愈德政的崇敬。此为韩愈在粤东的肖像之一。

之二，尽管大唐时期，还属于帝王的世袭的封建社会，但在唐律中已有不许"纳良为奴"的律条。但当时的粤东，处于大唐版图上相对封闭落后的地区，韩愈贬官到此地时，该地盛行贩卖人口之恶习，地方志中留有"其荒阻处，父子相缚为奴"的记载。用白话文解析，就是在饥荒之地，有钱人家能收贫穷人的全家为奴。韩愈到了潮州之后，以大刀阔斧之气势，更改这地区的千古陋习。据地方史料记载，韩愈此举开花结果后，曾有贫苦奴民称他为粤东岭南的"韩青天"。笔者翻阅过始自远古的人文资料，一个仕途败落的文人，能不顾自我伤痛而把疾苦黎民之痛苦放于其上，并拿出全部精力为其解痛者，华夏大地唯韩文公一人也！这是韩愈被贬官到潮州后的肖像之二。

这里必须说明的是，这是韩愈在八个月内的政绩。不知是他的时运不济，还是唐宪宗余怒未消，也许是二者兼有之故吧，他在潮州为官八个月之后，又被贬官到袁州当"芝麻绿豆官"去了。因而，当笔者登上韩山上巍峨的韩公祠时，不禁百感丛生：天下浪漫文人，多如天上繁星；天下无文采而缚于理性牢笼中者，更是不计其数；但将高度理性和超人文采集于一身者可谓寥寥无几，而韩愈两者兼备，犹如平地上的高山。以文而论，文史学家评说他为"唐宋八大家之首"；以理而说，他是个敢作敢为、宠辱不惊、视庶民百姓为父母的清官。该怎么形容才准确呢，他堪称中华民族历史中官吏史上的一个奇人，又是人文星空中的一轮皓月！

至于潮州的本土人士，更是以韩愈曾在此地驻足为荣。与我一同登山朝圣的当地文联友人对我说："千古中的文人至圣，从长安被贬到我们这儿来，成了我们这方水土至高无上的荣誉。"我说："愿华夏大地的文人，能有韩文公敢言、敢行的文人风骨；愿那些文官们，都能以韩愈为镜，照一照自己的形神！"

立文兴教说赵德

许继发

　　赵德，一说大历十三年（779）进士，一说是秀才，唐宋潮州八贤之一，海阳县东山庄人，为人沉雅专静，通晓经史，尤愿献身乡村文教，深得乡人敬重。

　　唐宪宗元和十四年(819)正月刑部侍郎韩愈贬为潮州刺史，愈于二月到任。赵德知愈为文章泰斗，历任国子监博士，大批进士都出自韩门，很是钦佩。时赵德布衣淡饭，执教于故里东山私塾。愈闻其贤，遂偕同蔡别驾便服离衙访东山私塾，两次不遇，第三次终于与赵德会面。赵德为其屈驾来访深受感动，遂请刺史别驾憩其书房倾谈，从韩公文风、为学、执教谈到奖励农耕等民生大计，不觉时已日挂中天，赵德留韩公、别驾即

便以馈午羹，愈也不推辞。饭后，转入正题，专谈办州学之事，愈表示可以把县所有孔庙办成乡学，州府孔庙办成州学，中立孔圣，两厢作课室，经费不足，就从自己俸禄中出资襄助。一直谈到月亮西升，才依依惜别。后世称韩公为伯乐，使赵德这匹千里马在州学事业上任情驰骋，培养出一大批经国大业之士，这也是韩愈治潮的首功。

韩愈访赵德回州衙，因与赵德"心有灵犀"而满怀喜悦。第二天情不自禁地撰写《潮州请置乡校牒》，文中极力宣扬赵德才干，推荐其主持州学：

> ……赵德秀才，沉雅专静，有文章，能识先王之道，论说且排异端而宗孔氏，可以为师矣!请摄海阳尉，为衙推官，专理州学，以督生徒，兴恺悌之风，刺史出己俸百千，以为举本，收其衍余以给学生厨馔。

韩愈命将文牒遍贴州府各处，让州民知道刺史兴学的用心，并任赵德为海阳尉、州衙推官，负责州学事务。在赵德主持努力下，潮州府内乡学如雨后春笋蓬勃兴起，州县孔庙重新修缮。进入各处乡学大院两边长廊，廊内皆设书室收授生徒；正中大殿，四角宇檐，翼然飞腾，后壁镶上孔夫子浮雕或悬挂孔夫子画像，要求早学必先礼孔方进两厢学习；大殿背后，建藏书屋，书卷飘香，书声琅琅，蔚为州风。赵德还推行韩愈的治学精神，提出"以文载道"、"文道合一"的教学原则，并在各乡校几百名学子中选拔优秀者 60 名送州学深造，由赵德选聘贤师执教，使有进取心的学子"如坐春风之中，仰沾时雨之化"而得真修。潮州办学热潮一浪高于一浪，在儒学思想、经史典籍熏陶下促进潮州府出现后八贤，仅潮州西湖雁塔题名文人学士就有 115 人，历代各类文史论著载于《潮州志》目录达 170 部之多，对后世潮人习文起到潜移默化的作用。

据传愈送其子进潮州州学，学业大进，后也有文名，考中进士，这一侧面传闻也可窥见赵德办州学实绩的一斑。

韩愈治潮 8 个月后于 819 年 12 月末移官袁州（今江西宜春），邀赵德同往，赵德表示热爱乡土朋侣，有意研究乡土知识，婉言谢辞，韩愈深受感动，写下《别赵子》一诗相赠：

　　　不谓小郭中，有子可以娱。

　　　心平而行高，两通诗与书。

后人念赵德办州学的功绩，奉为乡贤，并配享于韩愈祠中。

陈尧佐心系潮州

林曼兰

登科立志为仁人，爱国匡时恤庶民。

庸主无知轻雅士，潮州有幸宰贤臣。

尊韩建庙文风振，兴学育才寰宇新。

识拔潮阳诸士子，海滨邹鲁耀星辰。

陈尧佐（962～1044），字希元，号知余子，四川阆中县人。宋太宗端拱元年（988）进士，官至北宋宰相。陈尧佐出身书香世家，其兄陈尧叟、其弟陈尧咨都考中状元。

陈尧佐从小勤学，诗文书法兼优，一生为官刚正，爱国忧民。宋真宗咸平二年（999），任开封府推官，见皇帝搞迷信，疏于国事，他即上奏章谏皇帝"应关心天下生民疾苦"等，遂被贬为潮州通判。

陈尧佐在潮州当通判两年，政简刑清，兴修水利；复修孔庙，亲撰新孔庙碑记；辟建韩祠，关心士子，兴办学堂，荐拔人才。如栽培荐举潮中名士许申、林从周、黄程等。古代潮州有鳄鱼之患，虽经韩愈驱逐，至宋代仍有鳄害。陈尧佐上任后亲自视察，命府吏杨勋等数十人驾舟围捕，捕得一条数丈长大鳄，遂亲撰《戮鳄文》，数其罪恶，当众戮杀，为民除害，极受民众称颂。

陈尧佐对潮州感情深挚，不但在潮州任职时勤政爱民，鼓励士子向学，后来在朝廷任宰相，虽日理万机，仍关心潮州。当时潮州王姓士子上京赴试，高中后回乡时，他即写了一首《送王生登第归潮阳》诗：

休嗟城邑住天荒，已得仙枝耀故乡。

从此方舆载人物，海滨邹鲁是潮阳。

诗的第一句鼓励人们不要感叹住在"荒僻"的地方；第二句中的"仙枝"即通常说的"蟾宫折桂"（士子高中），赞王生已高中，折得仙枝，给家乡带来荣耀；第三句中的"方舆"即大地，引申为地方志、史志；第四句的"邹（孟子故乡）鲁（孔子故乡）"，是称赞潮州将会和孔孟故乡一样，出大文人。全诗虽只四句，但字字句句言简意深，充满对潮州的深情厚爱。陈尧佐了解潮州、热爱潮州，对潮州特别有感情，他在潮任职时写了《游湖山》诗：

附郭水连心，公余独往还。

疏烟鱼艇远，斜日寺楼闲。

系马芭蕉外，移舟菡萏间。

天涯逢此景，谁信自开颜？

"湖山"指今西湖和葫芦山，"菡萏"是荷花的别称。末两句是谓此地、此景的清幽秀美，真叫人赏心、流连、高兴啊！全诗语言流畅，字句工整，表达对潮州的山水、花草、风光、景物眷恋之情。

忧国爱民王大宝

林曼兰

岿峨挺秀岱宗峰，正气浩然万古崇。

汴水横流悲日暮，北山夕照泣鹃红。

功名淡薄东篱志，道义难忘竹节风。

爱国丹心昭日月，怜民疾苦敢陈衷！

王大宝，字元龟，潮州海阳龟湖汤头村(今潮安县归湖镇金光村)人。生于北宋哲宗元祐八年(1093)，卒于南宋孝宗乾道六年（1170）。

王大宝父亲早丧，自幼家贫，但很勤学，精通诸子百家、五经，尤长易经，诗文兼优。南宋高宗建炎二年(1128)登龙飞榜，主考拟为第一名；时高宗驻跸扬州，殿试时擢扬州人李易为状元，他居进士第二名。王大宝历任连、袁、温等地州官，九迁至礼部尚书，逝追赠大中大夫。

王大宝是潮州前八贤之一。他一生刚正敢言，爱国恤民。任连州(今广东连县)知州三年任满，到京述职，直陈连、英、循、惠、新、恩等州县人民疾苦，奏请输免行钱(人身税)蠲减，得到高宗批准，使广大贫苦人民减轻负担。在袁州(今江西宜春)知州任上，又奏减征收月椿钱、折帛钱等苛捐，解民疾苦。

王大宝的忠直敢言，受到朝廷官员和广大人民的称赞。大宝还通过呈献诗、书、易佳章，旁征博引，阐发治国之道和抚恤百姓的重要性。高宗赞赏他的见识，把他召

入朝中任国子司业兼崇政殿说书，后晋升至礼部尚书。

宋孝宗隆兴元年(1163)，任命抗金名将张浚宣抚江淮，张浚在建康(今江苏南京)设立江淮都督府，积极筹划北伐。当时参知政事汪澈督军荆、襄策应张浚。后因汪澈指挥不力，麻痹轻敌，致失唐、邓两州。孝宗只把汪澈降级察看。王大宝一贯主张抗击外侮，对金朝夺去北宋都城汴京及屡次进兵南下夺地切齿愤恨，对丧权渎职者更难容忍。他无所畏惧地疏说汪澈失地罪大罚轻，处理不当，孝宗也认为他言之有理，把汪澈贬降台州知州。翌年汤思当宰相，汤是秦桧余党，拜相后图谋向金求和，撤去张浚江淮各处边防设施，并遣使暗约金军出兵胁宋，许诺四州"议和"。王大宝见又一个投降派当道，痛心疾首，三次上疏，劲揭汤阴谋，汤终被罢相。孝宗见他无私无畏，忠鲠过人，曾亲书嘉奖他："在言路不畏强御，直谏之声闻天下。"

孝宗于隆兴二年(1164)十一月，还是向金屈辱求和，史称"隆兴和议"。王大宝见朝廷腐败无能，苦叹报国无门，又因年迈体弱，淡泊荣华富贵，就辞了官。他病逝时，孝宗特敕赐"御葬"故里。墓碑上刻有"御葬"两字，墓前有宋代大型石碑群(现潮州归湖镇神前村仍有墓地，1981年重修)，这在当时是很荣耀的。

┃王十朋与梅溪石碑┃

陈镇昌

　　"梅溪"乃宋代名贤王十朋之号，"梅溪石碑"是指王十朋当年旅饶（今三饶镇）时，挥毫写下的题石十六字预言。

　　明崇祯十年(1637)饶平知县邱金声的《王梅溪碑记》云："宋时王梅溪先生曾经此地，逆旅中，夜半闻角声，起视莫知其处，乃周览山川，知异日必有城其地，遂立石记之，入明犹存……"清道光四年(1824)出版的《韩江闻见录》记载："宋王十朋过其地，夜宿双溪口，闻更鼓声，曰'他日必有筑城于此者'。因题石云：'天下大旱，此处半收，天下大乱，此处无忧。'以后饶平县名，正符于此，是为双溪石。"王十朋旅饶题石三百年后，即明成化十三年(1477)，饶平县建城于此，应了王十朋预言，县名"饶平"，意含富饶和太平，与碑文契合。

饶平置县至今已有五百多年的历史，县名历代相沿不变。梅溪石碑，则历沧桑，几度荒废。欣逢盛世，政通人和，"梅溪石碑"终于重见天日。

王十朋，宋温州乐清人，幼年天资颖悟，日诵数千言。及长有文行。在青年时期，曾寄寓于温州江心屿江心寺读书，与寺中长老常在翠竹深处咀茗弈棋，长老是一位通晓文墨之人，一日，有意考王十朋的才学，便出示上联"江畔高亭明月清风留客醉"送给王十朋看，王十朋才思敏捷，当即挥毫写下了下联"屿上古寺白云流水伴僧闲"。今浙江温州江心寺石刻门联便是这一名对，传为千秋佳话。

王十朋青壮年时期，正值秦桧当政，便无心出仕，隐居故乡梅溪，聚生徒讲学。南宋绍兴二十五年(1155)奸相秦桧死，由宋高宗亲政，策士。绍兴二十七年，王十朋欣然赴考，他的答卷以"权"为题旨，劝高宗"正身以为本，任贤以为助，博采兼听以收其效"，历历几万余言。宋高宗看后大喜，称其"经学淹通，论议醇正。"遂被钦选为状元，授为绍兴府签判。王十朋赴任后，他断案裁决如神，使吏奸无法施行。当时，朝廷是以四科求士，王十朋独应召入京，任秘书郎兼建王府教授。

王十朋在朝任职期间，宋高宗曾多次召见他，王十朋也曾多次向宋高宗出谋献策："今权虽归陛下，政复出于多门，是一桧死百桧生也……"宋孝宗登位后，他又奏道："今居位者往往职之不举，宜有革之。人主有大职三：任贤、纳谏、赏罚是也……"博得宋高宗和孝宗的称赞，将王十朋累进官阶，从秘书郎拜封为司封郎中，累迁国子司业，进阶起居舍人，升侍讲，以龙图阁学士致仕。王十朋与当时任兵部侍郎、右谏议大夫的王大宝交为同僚好友。两人极力主张抗御金兵，起用主战的将帅，以收复失地，统一中原。后来，由于宰相汤思等主和派得势，王十朋受到排斥，被贬出任饶州知府。原来饶、湖地方，盗贼出没其间，民众深受其害，对官府怨声载道。盗贼闻讯王十朋要来饶州当知府，便一夕遁去。当时饶州，出现了历史罕见的大旱灾，禾苗即将晒死，人心惶惶，王十朋到任后，动员黎民百姓挖井抗旱，天又下了大雨，粮食喜获大丰收，民心安定。他任饶州知府时为政清廉，执法无私，爱民如子，深受饶民爱戴。朝廷拟将王十朋调任夔州知府，饶民闻讯，纷纷乞

求挽留，朝廷不允。及离去时，成群结队夹道相送，甚至出现断桥阻道的动人场面。王十朋只得改道而去。后来，人们为缅怀王知府治饶功绩，将断桥修茸后，命名为"梅溪桥"。

宋乾道二年(1166)，王十朋调福建泉州任知府期间，曾亲临潮州拜访同僚挚友王大宝，王大宝曾任温州知府、兵部侍郎、右谏议大夫、礼部尚书等职，为官刚正不阿，与王十朋齐名，或称二王，后人尊他为"潮州八贤"之一。由王大宝的介绍，王十朋途经潮州琴峰之金山(今饶平三饶)会见了梅州知府邱君与。邱君与热情接待王十朋，同游其父邱成实公墓，王十朋赋诗曰："琴峰苍苍，元气祥光。神府金阙，仙家石岩。玉骨脉合，银汉流长。连璧藏斯，罔有不臧。"夜里，王十朋寄宿于双流寺(一说金山精舍)，因而留下"梅溪石碑"佳话。

历经沧桑，人事如烟，石碑解语，人们时时想起王十朋夜宿双流寺的故事。清光绪进士丘逢甲有诗云：

梦醒三更画角吹，万山深处客来时。

坏墙半堵双流寺，重出梅溪旧勒碑。

潮州名医刘龙图

李姝淳

潮州地处粤东，地卑而土薄，自古都是贬谪官员的蛮荒之地。自从韩愈"一封朝奏九重天，夕贬潮州路八千"，来到潮州，在此置办乡校，开启潮州兴学育才之风后，潮州不再是蛮夷之地，韩江两岸，人才辈出，被誉为"海滨邹鲁"。随着文化的发展，医学也得到进一步发展，出现了一大批著名的医家，

成为岭南医学发展的重要动力。岭南儿科的开山鼻祖刘昉（1108～1150）就出生在"海滨邹鲁"的一个名门望族。

宋徽宗宣和六年（1124）刘昉取得三甲进士，授左从事郎，仕途坎坷，前后 26 年，先后在朝廷和地方任过 17 个官职，其爱民如子，为官清廉，政绩斐然。因他位至龙图阁学士，故后人称之"刘龙图"。

刘龙图虽然跻身仕途，但素好岐黄，镇抚之暇，犹喜方书。他在谭州任知州时，就有感于小儿之疾苦，不只世无良医，也无全书，以致夭折者难以胜计，决心编纂一部内容完备的儿科全书。所以在处理政务之余，命下属全面收集整理古今

儿科方论，用收集来的资料将其父所传《刘氏家传方》加以充实，编撰了大型儿科专著《幼幼新书》。该书资料来源主要有三部分："古圣贤方论"、"近世闻人家传"和"医工技工之禁方，闾巷小夫已试之秘诀"。即全面收集古代典籍、近世名家医籍、医生和民间验方中有关儿科的内容。

经过一年多的努力，已编成 38 卷，但这时刘昉已病重不起，由荆湖南路转运官楼璹继续主持编写，将最后两卷合为一卷，另汇集历代求子方论作为首卷，将 40 卷书稿编纂完毕。刘昉在病榻之上仍念念不忘《幼幼新书》，临终时对主管学事的湘潭县尉李庚说："《幼幼新书》未有序引，向来欲自为之，今不遑及矣，子其为我成之。"李庚深受感动，欣然应允写序，可见《幼幼新书》倾注了刘昉的全部心血，可惜他没有能够看到该书的出版就与世长辞。

晋范宣子敘其家世自虞夏商周
逮晋之主盟保姓受氏以為不朽而
鲁叔孫之日太上有立德其次
有立功其次有立言是之谓不朽
本朝范氏如
文正
忠宣盛德偉烈忠言嘉謨巍卓
然不可企及而傳系之速又如此則
二子所谓不朽者兼得之矣嗚呼
盛我绍興壬戌中元日揭陽劉昉
謹題

　　刘昉逝世后安葬于他为官之地潭州，在他的家乡潮州尚有两处衣冠冢，一处在今潮安县登塘的凤地山，另一处在潮州市笔架山后。现在潮州市东津仍有刘昉的后裔，他们还保存有他的遗像。可以告慰刘公的是：《幼幼新书》于绍兴二十年（1150年）出版问世，成为我国历史上一部有影响的儿科巨著，刘昉也因该书的流传而青史垂名。

　　刘昉德才兼备，为后学敬仰。他爱好岐黄，同情病人疾苦，呕心沥血，编成了中医儿科经典《幼幼新书》，成为后世医家必读之书。宋代大儒朱熹尊之为师，声名更著。潮汕地区根据传说将其事迹改编为潮剧及潮州歌曲，成为潮人熟悉的传统剧目"刘龙图"，其事迹及成就在潮汕地区广为流传。各种史、志均载昉公崇祀府、县学乡贤祠。其遗像保存在潮州市博物馆，供人瞻仰。

薛侃与宗山书院

雪 儿

在桑埔山东麓塔山脚下，有一处三门四柱二重楼的石牌坊，这就是 400 多年前潮州先贤之一——薛侃修建的宗山书院的遗址，现为潮州市的文物保护单位。

据有关资料，薛侃，字尚谦，号中离子，揭阳县龙溪都（今潮安县庵埠镇）薛陇村人，明武宗正德十二年（1517）考中进士，明世宗嘉靖元年（1522）至十年（1531）历任行人司行人、司正。他一向乐意为民众办好事，先挖中离溪，后建宗山书院，至今依然为人们所称道。

明嘉靖十一年（1532），薛侃因上疏言事触怒龙颜而落职还乡，于中离溪畔建起了宗山书院，传播其师王阳明理学，提倡"以诗文为虚，以济人利物为本，以反心无愧为公"，要求

学生为学必须精益求精。这些观点在今天我们看来，也还很有积极意义。当时南方各省士子闻风而至，多时达百余人。薛侃在宗山书院进学十多年，培养了一批人才，影响了一代代人，也留下许多迷人的传说。

还有一个这样的传说：当年开挖中离溪时，曾挖到刻有"山中出状元"的石刻，因此后来薛侃建宗山书院时即选址于此。是年恰好林大钦赴京会试，被嘉靖亲擢状元，赐进士及第，授翰林院修撰，应验了"山中出状元"的预言。

这是传说，我们权可不当一回事，宗山书院虽只剩下一座石牌坊，但薛侃倡导的崇文风气、治学精神却如碧透的中离溪水，长流不息。

离山书院钟铭

[明] 薛　侃

晨昏二十四敲钟，声彻前峰并后峰。

试问岩岩诸学士，已闻曾与未闻同。

编著《韩江闻见录》的郑昌时

黄赞发

清代初年，潮汕地区有一位在仕途上不能得意，只以"明经"(即贡生)终其一生，但却博学多才，又颇著识见，在治学上很有成就，享有"著述等身"之誉的文人学者，他就是为后代留下了一部《韩江闻见录》的郑昌时。

郑昌时，字平阶，后又名重晖，广东海阳(今潮安)淇园村人，生于清乾隆三十四年(1769)，卒年未可考。淇园村东距潮州城 30 里，西距揭阳城也 30 里。郑昌时之父乃一老童生，少时通经史，刻苦为文，但终未能得中，曾外出以笔耕为业，晚年家居，读书课子。

《韩江闻见录》曾有郑昌时自刻本，现能见到的是道光四年(1824)木刻本，共十卷。这是一部杂说体书籍，是在《禺山夜话》的基础上编撰而成的，而"厥观益伟"。其内容所述，有忠臣、孝子、义士、高人、奇士、贞女、节妇等的懿行嘉言，有天文、地理、山川、水火、木石、花卉、兽禽、鳞介、昆虫之种种奇形异状，有百粤胜迹、地方掌故之探源索趣，有治海防、治都里之谋划对策，还有图书、文字、易学、诗学、音韵学之独到见解。其中虽还间有神鬼、仙佛、僧道之灵奇记载，似涉荒诞不经，但主要目的还在于彰忠烈，昭大节。尽管他不少采闻录见都较客观，不易印照其思想，但从其谈论经学、诗作、联语，我们还是可窥见其生平思想和价值观念的。如卷一《相国石双忠祠大忠祠》篇中，他引录了文天祥题潮阳东山双忠庙(祀张巡、许远)壁的《沁园春》词，以及他自己游双忠、大忠(祀文天祥)二祠题句，足可看出他的爱国思想。其他诸如对关云长"志在春秋，足与尼山千古；目无吴魏，岂容汉鼎三分"的颂扬，对抗元女英雄陈璧娘"拟词四解以歌"，以及对明亡而投井赴难的潮州义士黄安"昭大节于日星"的表彰，都充分体现了他的这种思想道德取向。可以说，这是郑昌时在《韩江闻见录》中所映现出来的主流。

爱国与爱乡历来都是一致的。由于郑昌时是潮州人，所以特别留意潮州地方文化，他所记载并评论的，也就多为与潮州有关的人和事。他大量地记录了潮州一些名人的事迹、著述、诗文，使潮汕一地不少文化原貌得以保存。他的有些记述填补了志书上的空白，有些则可与志书上的记载互为稽证。这是他关切桑梓的表现。他采录了莅潮而留声的"十相"，闻达于后代的"潮州八贤"。对刺潮兴学的大儒韩愈，更是在苏东坡的"韩庙苏碑"、赵德的"韩文序"、王大宝的"韩木赞"、大颠的"留衣亭"等记载的基础上，浓墨重彩地加以发挥，大力宣扬。可以说，这不只是在褒扬韩愈，更是在彰显韩愈与潮州的关系。同样的，在《陆厝围》篇中，也不只是在庆幸忠臣有后，而且是在彰扬陆秀夫与潮州的关系。这种名人在潮州的效应正是郑昌应引以为豪的。

更加难得的是，书中还有有关海潮的专篇。篇中首先阐述了潮州沿海的潮汐规律，然后谈到新会、琼海之潮，分析了四时潮汐的差异，辨析了各地潮汐的异同，还收集了不少民谚，的确都是经验之谈。而且，郑昌时还由海潮谈到海防，对广东沿海各地海道、要塞一一道来，如数家珍。据《海防》篇中所载，潮州太守陈镇曾就设海防、捕洋匪大计下询郑昌时，郑为此条陈甚为翔实。在《治都里事宜》篇中，郑昌时应邑侯徐一麟的询问，论说了乡约、族正、保甲诸务，持论平实，条理精当。所有这些，都可见郑昌时是很有政务头脑的，的确不是迂儒庸吏所可同日而语的。

郑昌时可说是个杂家。书中涉猎之广，确是读来令人目不暇接，而难免颇有芜杂之感。但书中每一专篇，都有较高水平，对有关专题的研究，都不无一定的参考价值，因而令人披卷叹服。

西湖竹枝词

[清]郑昌时

绕郭青山翠几重，西湖石上印仙踪。
桃花载得春前酒，醉倒城头玉笋峰。

丘逢甲在潮州

陈新伟

1895 年 7 月初，丘逢甲一家离开硝烟未散的台湾，经厦门过汕头溯江来到潮州。潮州人民热烈欢迎这位抗日志士的到来，镇平（今梅州蕉岭）和客籍乡亲也集资拟赠房屋，丘逢甲以其父怕城市奢靡习气影响子孙而婉辞。丘逢甲一家小住数天后回到镇平。翌年冬，丘逢甲到省城谋求发展。广东巡抚许振炜会同刑部侍郎廖寿恒把丘逢甲的忠贞事迹上奏朝廷，但只得到皇帝"归籍海阳"的谕旨。

1897 年春节刚过，丘逢甲即携妻挈儿来到潮州，在鱼市巷租屋居住。潮州知府李士彬敦请他任朝山书院主讲。他到书院后就在居住的振华楼前种下松树，并写了《韩山书院新栽小松》七绝组诗，决心继承韩愈的事业，"要从韩木凋零后，留取清荫覆讲台"。

丘逢甲在台湾担任三家书院主讲时，就订阅沪港报刊，留心时事、新学。到韩山书院后，他对新学更倾注了无限激情。

当时的韩山书院，是惠潮嘉三州的最高学府，学生多为三州殷贵子弟，科举是光前裕后的阶梯，少讲八股便会引起訾议，更何况讲维新和民主。书院主持者对新学担惊受怕，家长更害怕子弟被引入歧途。这些都使出聘的潮州知府不得不审慎行事。最后，李士彬只好让下属潮阳县令裴景福聘丘逢甲为东山书院主讲。

在东山书院期间，适逢戊戌维新，丘逢甲"仍不变其讲学立教之旨"。第二年，东山书院续聘约，澄海景韩书院也敦请其兼主讲。这时，丘逢甲再不满足于旧书院办新学，他希望辟新径育新人。

1899 年冬，丘逢甲在潮州办起潮州东文院，校址初期在书歌巷镇平会馆；第二年改名岭东同文学堂，校址在北门箭道慰忠祠。这年，省派丘逢甲往南洋调查华侨情况。他的足迹遍及东南亚各地，广泛联系闽粤华侨，并为新学堂筹到 10 万巨款。当他返抵汕头埠时，才知道 16 岁和 6 岁的儿子死于鼠疫，家属也从潮州迁回镇平。丘逢甲虽惨遭家庭变故的剧痛，岭东同文学堂仍于 1901 年按原计划迁往已成为岭东门户的汕头，

校址设在外马路同庆善堂（现为外马路第三小学）。

丘逢甲说过："吾之籍固潮也，则乐言潮，故而尤乐言昌黎。"他生活在潮汕地区 8 年

间，都从事教育工作。"中学为体，西学为用"，为挽救灭国
灭种而办的岭东同文学堂则为其办学的巅峰。波涛所及，潮汕
以至粤东，乃至毗邻的闽、赣，都掀起办学高潮，丘逢甲倡办
或派人助办的学校，竟达百几十所。岭东同文学堂培养了一大
批人才，其中的一些人后来成为辛亥革命的领袖人物。

　　丘逢甲的《岭云海日楼诗钞》，收集内渡以后的诗共
1746首，其中的1200首是在潮州期间写的，其慷慨悲壮的艺
术风格也于这时形成。这本诗钞的主要内容包括台湾题材、维
新题材和时事题材。

　　诗人多次到韩祠祭祀韩愈，与韩愈有关的诗就有34首。
诗钞第二首《潮州舟次》就提到"舟人驱鳄话文公"。诗人热
情歌颂了举家殉难的抗元英雄马发："峨峨马公墓，过者怀孤
忠。全家碧血葬，遗碣苍苔封。"诗人还一再为两位巾帼英雄
（一是陈璧娘，一是张世杰的夫人许氏）赋诗。诗人时刻关心

着潮州人民，在游别峰时，写下了"道旁求布施，凄绝是饥民"的诗句。

丘逢甲在 1903 年冬 40 岁时离开汕头，此后在省城工作，往返镇平时常过潮州。1912 年初最后一次到潮州，一个多月后在镇平淡定村逝世。丘逢甲在潮州期间的教育实践和诗作，都充满爱国主义激情。丘逢甲给潮州人民留下不可磨灭的印象。

韩山书院新栽小松（四首选一）

[清]丘逢甲

不惜阶前尺地宽，孤根未稳护持难。
何须定作三公梦，且养贞心共岁寒。

　　潮州市位于广东省东部，与福建省接壤，濒临南海。全市辖两县一区，总面积3613.9平方公里，海岸线长136公里。市区中心的古城区三山鼎立如屏，韩江一水中分似带，构成了一幅水色山光护古城的壮丽自然景观。城区自然风光绮丽，城、山、江、湖、景区特色鲜明，具有得天独厚的自然生态资源，先后被评为"中国优秀旅游城市"、"国家园林城市"。自古便有"到广不到潮，枉费走一遭"的说法。

感悟

绿色山水

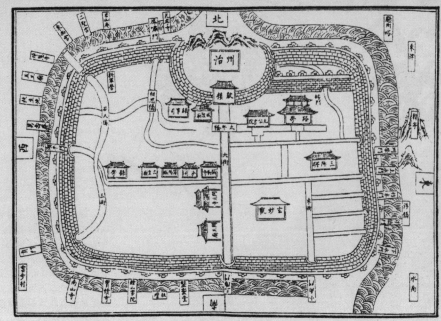

宋代潮州城区图

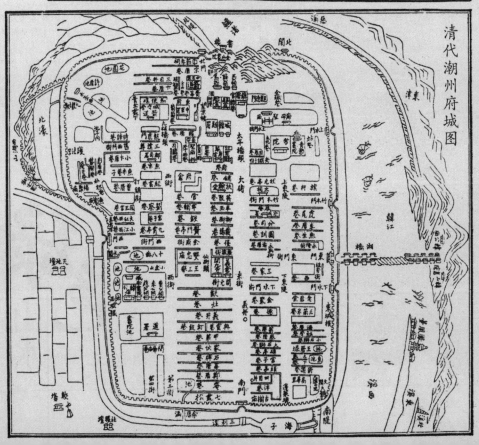

清代潮州府城图

滨江散记

林汉龙

我曾在有关潮州的史册上看
过清代国画《潮州古城图》，早
在很久以前，韩江之滨已勾勒形
成古城的轮廓，漫长的古城墙铸
成一道坚不可摧的屏障，并建起
上水门、竹木门、广济门、下水
门多处城楼，如同一群雄狮盘踞
在韩江岸畔。这里壁垒森严，曾
是战略要塞和古战场，发生过许
多次激战。据潮州有关史书记载，
宋末期间，摧锋寨正将马发率领
潮州人民抗击元兵侵潮，御敌于
城门之外，后因元将收买南门巡

检黄虎子为内应，破开城门，攻陷潮州城，马发率部将顽强抗
击，终因寡不敌众，壮烈殉难。后人为纪念马发和潮州人民抗
元，在金山顶上修筑马发墓，并植参松翠柏，以喻其高风亮
节。清代邑人进士郑兰枝以诗赞之："金山北枕起高峰，万古
凝荫一棵松。"故而形成"潮州八景"之一的"金山古松"。在
滨江长廊的"北阁佛灯"景区一带，尚残留古城墙的遗址，依

稀可辨，见证当年烽火岁月的斑驳痕迹。如今，上水门、竹木门和下水门城楼经过整修重建，再现当年城楼的雄姿壮观，向游人凝重地讲述着战争与和平的故事。恰逢当今改革开放、国泰民安的太平盛世，这里硝烟早已散尽，不见了金戈铁马，刀光剑影，那战火纷飞的岁月一去不复返，让人感到沧桑巨变，换了人间！

潮州作为国家历史文化名城，素有"海滨邹鲁"和"岭海名邦"之称，有着一千多年的历史，更有着丰厚的文化底蕴和独特的旅游资源，那星罗棋布的名胜古迹，我们尽可以如数家珍娓娓道来。都说潮州人心灵手巧，那滨江长廊宛如长长的丝线，把散落在各处那珍珠翡翠般的"潮州八景"巧妙地串联起来，滨江北端连接着江堤上的"鳄渡秋风"，古渡旁的"祭鳄台"隐约可见，天高云淡，帆影点点，一江清流飘然而下；风光秀丽的"西湖渔筏"，也毗邻着北面城堤；"金山古松"与"北阁佛灯"两个景点如同恋人一般相依相伴，屹立在韩江之滨；沿江而下，是那"湘桥春涨"，那令潮人引以为豪的中国四大古桥之一的湘子桥，像彩虹般飞架韩江两岸，展示着古代劳动人民的智慧和力量！遥望南端韩江大桥下面的"凤凰时雨"，

经近年来整治修复的凤凰洲公园，像凤凰飞落在沙滩绿洲上，展现其靓丽的身姿；隔岸相望，绿荫葱茏掩映着巍峨伟岸的"韩祠橡木"，而波平如镜的韩江水倒映着"龙湫宝塔"，伴随着蓝天白云。此外，还有那历代得以保存下来的二处"潮州内八景"：位于滨江长廊中心地带的"东楼观

潮"即将修复，而拐入下水门城楼不远处，便是那驰名的"古刹梵唱"，大雄宝殿香火缭绕。不久前斥资扩建的开元寺广场，满满地排列着来自深圳、厦门等地的旅游大巴客车。总之，漫步于滨江长廊，名胜古迹随处可见，尽收眼中，让人穿越于历史的时空，感受到历史文化名城的文化底蕴有如火山一样厚积薄发，喷射而出！

眺望滨江长廊处处景色，我不由怦然心动，突发奇想：假如韩愈转世重游潮州韩江之滨，该是一种什么样的情景呢？故地重游，似曾相识，又不敢贸然相认，真不知身居何处，疑是蓬莱仙境，抑或天堂人间！而当他被人道破惊悟过来时，一定会感慨万千，诗情勃发，文思泉涌，以滔滔韩江水为墨，铺开滨江长廊为纸，这个"唐宋八大家"首推第一的大文豪，不知道又要写下多少绝代佳作诗篇！

日月似流水，往事如云烟，然而，潮州人民永远不会忘记韩江之滨所发生的历史性变迁。滨江长廊作为古城潮州巨大变化的一个缩影，将载入潮州的史册，留下浓墨重彩的一页！

家乡的韩江

魏清潮

从儿时开始，我就与家乡的韩江结下不解之缘，日夜奔腾不息、一泻千里的韩江怎禁得从春流到冬，悠悠诉说潮州1600 年的沧桑，两岸人民的酸甜苦辣。我目睹了韩江的变化万千，也领略到韩江"变色龙"般的多张脸孔。

秋冬的韩江，像少妇般的风情万种，江面上涓涓流水如少妇的长发飘逸俊秀，水清如许，微风轻拂，碧波荡漾，波浪轻轻地叩击岸边的码头石，发出阵阵刷刷响声，生怕惊醒清晨还在沉睡的船夫，远处江心不时驶过几只风帆船，天蓝得可爱，仿佛一汪水似的，空中掠过几只白鹭，岸边大片的沙滩上蹲着垂钓的渔夫，悠然自乐。浅绿色的江水，那漾漾的柔波是这样的恬静、委婉，在对岸深黛色笔架山的映衬下，形成山水共一色的美景。韩江的水清冽甘甜，偶尔有赶路的人，口渴了，捧

一把，喝一口，如饮雨露甘霖。

横跨在江面的湘子桥，始建于宋乾道年间，廿四座桥墩，历史上中间 18 只梭船用大铁索连接而成，随着潮涨潮落，形成可闭可合的浮桥，颇为精致。桥面上有 24 座楼台，商贩云集，各种叫卖声还余音袅袅在我耳际。潮州民谣世代流传："潮州湘桥好风流，十八梭

船廿四舟，廿四楼台廿四样，两只铁牛一只溜。"屹立于桥墩上两只铁牛，一只是否被洪水冲走或得道成仙，成了潮人心中的千古之谜。

春夏的韩江，时而面目突然变得狰狞，三月桃花水刚来，加上几场暴雨，从上游梅州"三河"汇集的洪水挟带着泥沙奔

涌而下，撕开温柔的面纱，像脱缰的野马，狂泻狂奔，洪水猛涨，冲撞着湘子桥墩，发出怒吼，浪卷轰雷，白练飞扬，状如釜里怒沸的滚水，形成一个个大漩涡，急绕几个大圈子向下游奔泻而去。

汹涌的洪水涨过了桥墩，漫过了桥面两端，远处看，浸泡在水里的牛只露出两只尖尖的角，眼睛和

鼻子，甚是可爱，下游的龙湫宝塔耸立在韩江之滨，抬起高傲的头，观看多少潮起潮落，见证韩江的迂回曲折。

一江春水涨过五百多米宽的江面，虎视眈眈盯着古城13.5米洪水警戒线，古城的东门、上水门、下水门、竹木门四大拱门的闸门开始关闭，头戴竹笠、身披水布的一个个壮汉抬着一块块厚重大木板，根据汛情，在拱圆形的门上逐级加高，把古城内包围得像铁桶一样严实。汛水刚到，城外地势低洼的居民住着较破旧的沙灰屋，有的已露出深褐色的墙砖，他们忙于把家什往楼上或高处搬迁，有的索性锁上门寄住在城里亲戚家，几天后洪水退时，再冲洗污泥浊水，忙得团团转，很是艰辛。

　　"关城门啦，洪水来了"，一声吆喝，从城南传到城北、城西，古城里的居民冒雨打伞或头带竹笠，相争携儿带女上古城楼、大堤上观看洪水，与防洪的队伍交杂在一起，观水人们的心里说不清是为了安全防患还是为了观景，但是眼前潮州八景之一"湘桥春涨"却映入眼帘，雨中的"三山一水"：笔架山、葫芦山、金山簇拥着一道韩江，一幅美不胜收的古城图尽收眼底。灰蒙蒙的天空，飘着凉凉的雨点，洒落在江面上，便成了点点雨花，与江水融汇在一起，便倏地变得无痕无踪。气势磅礴，从天际奔涌而下的洪水像一幅大绸缎覆盖整个江面，犹似大梳子平整梳理着流动的江面。水在桥上过，桥在水中走，远看像一条拱形大杉木横架江水中，煞是好看，激越的江水，向着几十千米外大海的怀抱奔涌而去，极为壮观。

　　我曾站在黄鹤楼上，观赏龟蛇两山锁大江的壮丽奇观，又曾在滕王阁上看长江的逶迤风姿，也曾在岳阳楼上瞭望洞庭湖的无限风光，还曾见过钱塘江的潮起潮落……目睹今天的大江大河是那样的恢宏壮阔，摄人心魄。但是，充满古朴韵律的韩江，更是潮州历史底韵深厚的象征。

登南州奇观

[宋]杨万里

海边楼阁海边山，云竹初收霁日寒。
看着南州奇观了，人间山水不须看。

难忘金山红棉树

碧野

凤城北端的金山，有如凤髻高翘。

金山，像凤头。潮州城和潮汕平原，有如翎毛丰满的凤身，而滔滔的韩江，却像飘曳的凤尾。

我的童年和少年，就在凤城度过，而凤髻高翘的金山，却是我中学时期智慧的摇篮。

半个多世纪以来，金山千百遍出现在我的梦中。至今，我对金山有着不可磨灭的印象。

我对金山的记忆，最鲜明的是那棵红棉树。

红棉树性喜阳光，挺直峻拔，英姿卓越，高出金山林表，所以又名英雄树。早春时节，红花满树，朵朵盛开，明丽照人。

金山的红棉树，最引人注目的有两棵，一棵生长在藏书楼前，一棵生长在临江山崖上。

高耸在藏书楼前的红棉树，枝干舒展，花开如红焰烛天，上山下山路过树下，抬头仰望，满树红花照眼，精神为之振奋。

屹立在临江山崖上的红棉树，内侧展现一片操场。年轻人军训在红棉树下刻苦操练，心中油然产生英雄情怀和爱国情操。

最有情趣的是，藏书楼前的红棉树下，峡谷石桥横架，桥下流水淙淙似鸣琴。这时，如果是红棉落花，朵朵漂浮，随流水逝去，别有一番诗情。而一遇山雨到来，瀑布如飞帘，水沫腾空，红棉在云雾中，影影绰绰，别有一番画意。

最使人感怀的是，站立临江红棉树的山崖上，俯视韩江，江水滔滔，风帆片片。不怕风浪的高头翘尾的"企领船"，鼓满风帆，驱风逐浪。它们从上游的群山中来，驶向浩渺无边的南海。头顶红棉繁花，脚踩临江山崖，而向千里长河，这幅活生生的图画使人心胸开阔，使人眼光远大，使人壮志凌云。

金山值得回忆的事物何其多！想起当年从球场下来，站在悬崖边棠梨树下解开胸前纽扣张风纳凉，至今仍使我觉得神清气爽；想起当年山顶音乐教室飞出男女合唱的歌声，那"白云深处是家乡"的乐曲，至今仍萦绕在我的心间；想起当年山腰花圃盛开的蟹王花和含笑花，至今仍使我感到赏心悦目……

可回忆的不仅是金山的秀丽景色，更为长久思念的是一群良师益友。良师中有潇洒的郭笃士、热情风趣的丘玉麟、严肃认真的方卓然；而益友有聪明的陈章序、秀气的李欣、倜傥的林志才、俏丽的胡湉中、敏慧的林淑瑾……

一别金山已经半个多世纪了。去时，满头青丝，如今已两鬓如霜，可是值得宽慰的是，昔日的莘莘学子，今天很多是学者教授、作家艺术家了。

当年青丝覆额的青少年变成今天白发苍苍的老人，他们走过了多少天下路。为祖国的昌盛、为人民的事业，他们付出了宝贵的青春和无穷的智慧。人生的道路漫长，但多少人起步

在金山。什么时候回到金山重数上山的石阶有多少级，重踏人生道路的起点，再看韩江涌凤城，旭日照金山。

啸　歌

[明]林大钦

青山谁与歌，白云空婆娑。
壮心徒激烈，岁暮将若何？
三杯起高咏，一啸净秋波。
纵横何足道，意气郁嵯峨。

湘子桥上望春潮

许崇乐

此刻，雨还在下，如注如倾。

此刻，江水滚滚，似龙腾跃。

在这个暮春的早晨，在行人稀少的湘子桥上，我撑着雨伞，任风吹雨扫，乘兴观赏这壮观的场景：韩江春潮涌湘桥。灰茫茫的雨幕虚掩着广阔的江面，白茫茫的江水从北面汹涌而来。江面上滚动着一条条时起时伏的巨龙——波浪滔滔；江水在桥墩周围发出一阵阵的吼叫——如虎长啸。这哗啦啦的雨声，这轻飘飘的雨幕，在春潮奔涌中，在怒涛

的翻滚里，显得如此单薄，如此浮浅!我抬头遥望金山，它在静静肃立；我掉头凝视笔架山，它在悄悄聆听。为这一年中难得看见的场景，山，也被吸引；山，情也依依……

站在桥上，我思绪悠悠。我仿佛身轻如纸，飘进春潮的浪涛中，沉入到距今827年前的宋朝乾道七年，看到了太守曾汪

决定用 86 只巨船作为浮船，联结成一座"大桥"的情景；看到了明朝宣德十年，知府王源在前人建桥的基础上，大规模修建湘子桥的情景。没有先人建造的这座声名远播的独特桥梁，后代人哪能目睹这一壮观的春潮过桥场面？八百多年的历史在此刻的春潮奔涌中一页页被翻开、被显示，凝聚成动人的一瞬，瞬间闪动着比雷电更亮更响的一行字、一个声音，那就是：勇于创造、敢为人先者必有成就!

然而，当千万斛春水汇聚而成的韩江春潮，以其不可阻挡的气势奔腾南下，欢呼着通过湘子桥的时候，在大桥的东西两侧，在低矮的岸边，也有小小的漩涡在翻转，有平静的流水在回旋。比起如龙跃、如虎啸的江心主流，这漩涡、这流水是多么苍白、多么微弱。那就是春潮过桥时留下的一首首咏叹曲么，抑或是春潮为了烘托其雄浑的气势而设置的陪衬品？漩涡不停地翻转，流水不停地回旋，在雨幕下显得十分单调乏味。如果说，春潮涌韩江、江水过湘桥也好像是人生之路，那么，江心的主流该是有作为者勇往直前、义无反顾的缩影。而小小的漩涡，该是怯懦者的象征；平静的流水，恰似庸碌者的岁月。漩涡的翻转是痛苦的，于是才会吐出那么多的泡沫；流水的平静是安然的，于是才会停滞不前。也许，这些漩涡和流水，要等到急波狂浪汹涌而去，甜蜜地投进南海的怀抱之后，它们才缓慢地跟随着，找到应有的归宿。

此刻，雨还在下，如注如倾。

此刻，江水滚滚，似龙腾跃。

顶风冒雨站在湘子桥上，领略在江心之上漫望春潮的情韵，看一看大桥两侧的漩涡和流水的情状，对我来说是一件乐

事。我感谢八百多年来为修建这条大桥而做出
贡献的人们，是他们为后代的过往行人和驻足
观赏者造福。我在雨幕中忽然想到：再过八百
多年，湘子桥该变成什么样子？春潮过桥时又
是何种情景呢？

　　雨幕中，唯见春潮澎湃，湘子桥巍然挺
立……

游石壁山记

曾 錞

甲戌初冬，天正艳阳。
有朋建议：游黄冈石壁山，
于绝顶处，驰目骋怀。便欣
然前往。

一出城郊，便见一巨壁
兀立于北，高约百米，山壁
间，游人如蚁。

未近壁前，已感壁气。
四柱巨坊，巍然嵯峨，黛翠
间红，赵朴初的"粤东一
壁"，四字苍朴，拙棘有声，
勒出斯山神韵。

山无麓，乍登阶，未有奇。上得山腰，乱石竦出，崭然露
芒角，草木秀润，荫覆隐嫩色。纵观满山石木，如组合家具，
位置均恰当。再行，一峰一盘，一径一泉，泉名"漱玉泉"，
泉穴形如蟹壳，内塑笑佛一尊，泉自佛边奔出，惜冬季水枯，
未能观其溅玉喷珠。

远观山壁幽峭，心知可藏庵寺，一入山腹，果然深藏一庵
一寺，庵名"慈航古庵"，寺曰"雷音古寺"，一阴一阳，符合

天地原理。入庵，环境幽淡，圆圆融融，立定，心如潭静。谒寺，安安详详，平平和和，一高僧坐于殿后，神情睿智，微垂眼帘，心在诵经。殿外，有俗妇拜佛，信而迷之，知其不修心而寻财福，一如石上种花，应无结果。

再沿阶而上，一山树林，一路鸟语，山势愈是幽僻，树木愈是紧凑。众在一古炮台前驻足，炮筒为生铁所铸，黝黝黑黑，凛凛寒寒，历尽沧桑，令人依稀听到昔年鼙鼓响、飞镝鸣，将士御海盗，抗外侮，喋血沙场……

越过树冠，登上"纳海楼"，匾为关山月所题。伫于石壁山最高处，眺望山下古城，十万人家，俱奔眼底，山海茫茫，水天一色，无限空阔，心头尘土，荡涤一清，顿感天地悠远无终。望山下丁未起义纪念碑，往事已越一世纪，历史悠悠，回首仅一瞬间！

登山巅，令人与天接近，下到山脚，又觉与地贴紧，天、地、人，真如老子所说："人法地，地法天，天法道，道法自然。"

木棉花开似彩霞

李淑菲

三月，潮州滨江，又是一年木棉红。

朋友驾着私家车，车里萦绕着蔡琴的歌声，沐浴和煦的春风，迎着明媚的阳光，道路两边的绿化树匆匆而过，仅一个多小时的车程就到文化古城潮州，韩江畔灿烂如红霞的木棉花，早已迫不及待地施展着娇艳的魅力，献出火红的心，游客们纷纷用相机拍下一片鲜红的色彩，留在岁月的相册里，为记忆留下纯美的痕迹。

沿着江滨小径走着，空气中总是有一种甜甜的清香随着江风轻轻拂面，我用照相机拍下一簇簇绽放的花苞，摄下一株株巍然云天的粗壮英雄树，有的独树凌空，耸立轩昂，气势雄伟；有的群株并峙，枝丫伸展。我惊讶这一大片灿烂的花之海洋，叫人目不暇给。三月初的春寒，却挡不住木棉花火热盛放，木棉花朵个儿大、肥实，硕大耀眼，红如火，艳如霞，艳丽、优雅、独特！开花的时间虽然不长，在怒放时一朵朵花儿挂满铮铮铁骨枝丫间，开花时无叶，叶在花落之后萌发，花儿开得热烈开得无牵无挂，她不用绿叶扶持，一改红花开在绿叶间之常态，怪不得清代屈大均赋诗赞美她："十丈珊瑚是木棉，花开红比朝霞鲜。"

　　在花间小道悠然而行，走到湘子桥头，只见往日行人络绎不绝的桥，亭台与渡船若断若连，经反复打造又恢复了历史的风貌，站在湘子桥的亭子间眺望江滨，绵延几里的木棉花，就像一团团在枝头尽情燃烧、欢快跳跃的火苗，远望如万盏华灯映蓝空，半天绯红。她们倒映在清波里的倩影，随着流动的水涟漪而荡漾，就像一条点缀朵朵红花的彩绸在水里漂着，清丽而飘逸，岸边的花与水里的花，根连根相互映衬，简直就是一幅自然天成的画卷。隔江相望的木棉树群，像在相互媲美，花潮、花海的风姿和韵致，令人游目骋怀。在韩文公祠里有一棵高耸入云的老英雄树，远远望去，就像空中飘着的红彩霞。

　　碧绿草坪就是落花的摇篮，在碎石小径中徜徉，零星撒落的花儿静静地躺在绿茸茸的地毯上，散发着最后的芳菲，编织出一幅幅绿地红花的大幅图案。偶尔听见落花的声音，急忙寻

声仰望落红的树巅，只
见那欢乐的雀儿绕着开
满木棉花的枝条飞来飞
去，似乎围着焰火跳着
欢愉的舞蹈。树上热闹，
树下也不寂寞，游客纷
纷到这里，或走近木棉
树下，捡一两朵飘落的
花朵；或拍几张靓照留
念，或嬉戏于铺满红花
的绿草丛中，此情此景，
一幅春天的写意画跃然
浮现于风景秀丽的滨江
长廊。

　　江滨路上行人渐渐多了，但在江滨倚栏而望的游客反而少
了，我们走过湘子桥，走在到韩文公祠的江边路上，这边的木
棉树丝毫不比那边逊色，树龄更长久。潮州的所有景点早就让
我领略够了，唯独对木棉树情有独钟，在韩文公祠前的一棵古
老的木棉树下，我正要抬起头，想拍一张火树银花似的照片，
"啪的"一声，一朵娇艳欲滴的硕大的花儿，就在我的眼前落
地，差点儿掉在我的头上，我弯腰捡起脚下这朵还带有树体余
温的花朵，真是别有一番滋味在心头！这花儿就像毅然脱离母
亲怀抱的孩子，终于走向她自己的世界。一阵风儿吹过来，一
朵、两朵、三朵……可以想象，还会有千朵万朵的花纷纷飘
落，《桃花源记》中说的"落英缤纷"的情形，大概也如此吧！

望着遍地是稀稀疏疏的落红，心里不由得掠过一缕缕怜惜之情。木棉花、也是英雄花，美丽的生命之花，刚才还在树梢，多么灿烂，多么惹眼！就像英雄的生命在最辉煌的时候那样！可是，谁能想到，只要是生命，就有脆弱的时候，就躲不过自然的生命之理。尤其是花儿似的人生，花儿似的命运，怎经得起风雨飘摇，许许多多花儿不是难于躲过化作春泥更护花的命运吗。令人欣慰的是，眼前的英雄花，开得艳丽，落得有声有色，甚至有味！虽然已没有多少香泽，却丝毫不减她的风姿，五花茶中就有她的一味，她的花絮还可以做枕头，真不愧是英雄花哪！我看到环卫工人将大堆大堆的木棉花装上车，拉走，总有一种不舍的感觉，无可奈何花落去，只盼来年，又见木棉红！

无 题
[清]屈大均

西江最是木棉多，夹岸珊瑚十万柯。
又似烛龙衔十日，照人天半玉颜酡。

徒步凤凰溪

王 漪 单国华

湘子桥、韩文公祠、潮州老城、开元寺……潮州的人文景观名满天下，而很多人并不知道，潮州还有凤凰溪百丈潭、蝙蝠岩三叠泉、四望坪飞瀑、

椿堀村白水磜这么多原生态的自然美景。现在，到凤凰溪百丈潭河床徒步最好不过。

凤凰溪是发源于潮州凤凰山脉的小河，上游有凤溪水库和凤凰水库两个水库，下游从归湖镇流入韩江。

多云的天气非常适合旅游，我们去凤凰溪的第一个目的地是架潭桥水电站。途中有好几千米的土路，车子底盘比较低，行走艰难。两边的山野景色越来越美。绿的海洋中夹杂着红的黄的树叶，道旁的青梅树也已星星点点地绽开了白色的花朵。

一到水电站，我们就注意到宽阔的河床与河床上的巨石。那石质是花岗岩，属于火成岩，经长期的水流沙石冲刷，暴露地表又受热胀冷缩形成。其他小溪河床一般只有冲积的乱石，架潭桥这一带的河床倒像是一片小型的岩石丘陵地带，在阳光的照耀下，像玉石一般，发着白光，颇有些气势。

　　沿着河床上的这些小山丘攀行，忽见整个河床布满了大大小小的水潭，一泓泓潭水深深地震撼了我们：那是多么醉人的绿啊!简直是小型九寨沟。冬日里的潭水特别清纯，特别透亮。因为水深，各潭水呈深浅不一的蓝绿色。百丈潭是其中最大的一个潭，至少有两个标准游泳池大。至于有多深就没人知道了，据说有驴友用登山绳系上重物下探，放了十多米也没到底。其他潭虽然没有测过，但可以看出都比较深，哪怕只是一个小潭。

　　百丈潭上游的河床比潭水高出一大截，足有二十多米，形成一个峭壁，峭壁垂直入水，如刀劈一般。一条瀑布挂在峭壁上。潭上崖壁有一朵盛开的兰花，幽幽地生长在瀑布旁边。我们在潭边坐了很久……

　　如果要到上游河床，就得攀上这陡峭的崖壁，不然就得返回电站。沿阶梯爬上山腰的引水渠，顺着渠道走即可。这样走

虽能轻松地游览最美的一段河道，但无法近距离感受那镶嵌在白璧中的祖母绿，也无法体会到在小山似的岩石上攀爬的乐趣。同行两位女士犹豫半天，仍决心攀上这陡峭的崖壁。

攀上崖顶，虽然所见还是个个水潭，虽然还是那么绿，但形状与气质都不一样了，河床变狭了，岩石似乎更像小山丘，攀行更艰难一些，但乐趣也更多了。放眼望去，碧绿的水，白色的岩石，青翠的山坡，还有那些点缀其间的红叶，在冬日的阳光下显得那样艳丽。

再往上游走，河床就显低了，河水仍然很深很绿。这一段河床的石壁变得更陡了，我们没法沿河床走，只得爬上山腰，沿水渠走。在水渠的尽头，岩石不像下游的小山丘了，而像横卧在河床上的巨大的石雕，又是另一番震撼。

这一段，从凤凰水库到架潭桥小水电站之间大约三里多的路，确实是凤凰溪最美的一段。

茶醉凤凰山

詹雪征

深秋到凤凰，没看见灿烂的杜鹃吐艳，却在青黛色的雾色淡淡的山脉，瞧见漫山遍野的山芒，毛茸茸的花直指苍穹，那份秋日艳阳里晃动着的金黄，令人想要歌

唱，站在高山上，有风缓缓吹袭，山茶花正花枝招展地颤动着，山芒花频频在向你招手，怎不令人心旷神怡，心潮澎湃。

凤凰山水甜，茶香，连茶名都那么有诗意那么吸引人，你听过茶名叫着花儿的名字吗？"桂花香"、"茉莉香"、"蜜兰香"、好奇了吧，那就来吧！

你如果来凤凰，遇上热情的主人用地方特色的功夫茶道来款待来自远方的客人，你可千万不要贪杯，娴熟的茶道，黑金的茶叶，甘甜的山泉水，冲泡出那金黄的茶汤，萦绕着淡淡的茶香，会让你醉在茶乡乐不思蜀。

我们乘坐的旅游车在山路上缓缓行驶，路两旁的山茶花正在夹道欢迎。远远眺望，云雾缭绕的凤凰山像一个刚刚出浴的女神，充满着神秘的诱惑。毛茸茸的山芒花在风中招展着，一望无际的景色令人想吟诗："天苍苍，野茫茫，风吹草低见牛

羊。"四处眺望，群山逶迤，云雾缭绕。奇石裸露着岁月的沧桑，光秃秃地直指那似乎触手可及的蓝天，我们惊奇地发现，在黑黝黝的石头与石头之间，迸出不少的山茶树，它们在石缝里顽强地生长着，白色的茶花散发着芬芳，居然引来了不少的蝴蝶呢！在山顶，走过山芒覆盖几乎无法前行的道路，眼前却突然豁然开朗，前面突现一个如同天上飞来的池塘，当地人就叫它"天池"。清澈的泉水从未干涸过，碧水蓝天，宛如世外桃源。在高山之巅，云雾缭绕，天，地，人，已浑然一体，好想枕着山风，蓝天作被，合着白云一起自由地歌唱。

　　凤凰山不像山，山麓并没有树，只有茶，只有云雾，铺天盖地。这茶山不像山，倒像是一座由一层层绿色屏障叠成的座座宝塔，越往高山上走，那茶就生长得越嫩绿，一尘不染的它们仿佛浸染到了天地日月的精华般，绿得令人心醉！这样的茶喝起来更是特别的香甜呢！知道吗，那是因为高山上昼夜温差大，而且山顶上日照时间长，那制作出来的茶叶冲泡起来无涩无苦，香浓甘甜，还带有一种老茶客们所说的独特的高山韵味。这里还生长着一株据说是宋代时期的老茶树，人称"宋种"，采自"宋种"的春茶听说一斤卖到一万多元，不过，普通人一般喝不到这种极品，因为它一年只摘春秋两季，一次只能收成两三斤。

　　美丽的凤凰山上天高云淡，空气

宜人，梯田叠翠，郁郁苍苍。茶园里飞来了蜜蜂嗡嗡唱，循着蜜蜂飞来的方向，我们发现茶园里间种着不少的桂花树，花开得如火如荼，空气中传来桂花的芬芳，辛勤的蜜蜂们正在忙碌着。有女子背着大大的茶筐来摘茶了，只见那女子纤纤小手在茶树旁舞动着，嫩绿的茶青缓缓溜进了筐里。我们发现每个采茶回来的女子的筐里，除了茶，还有芳香扑鼻的花朵。茶农告诉我们，这里的茶园不仅仅间种着桂树和橘子树，还有兰花、茉莉，采茶季节时，也采下这些花儿，晒干后，放进去和茶一起烘焙，这茶里边便有了与众不同的独特的各种花香味道，喝起来唇舌留香，回味无穷。原来我们在茶市场上看见的那些赏心悦目的茶名，诸如"桂花香"、"黄枝香"、"茉莉香"、"蜜兰香"……，它们可都是有来历的哟！

夜幕降临，窗外薄薄的雾儿像一层轻纱笼罩着凤凰山脉，野山芒在风中自由摇摆。室内，在热烈的气氛中，喝着扑鼻而来沁人心脾的凤凰茶，大家都说，看来这次真的要醉卧茶乡了！

作家笔下的

潮
○
州

潮州的小巷

郭伟波

　　无论是夏天的傍晚还是秋天的早晨，无论是细雨朦胧还是
大雨滂沱，潮州的小巷总会散发出一种独特的味道。

　　潮州的小巷是充满着灵气的，像是自由生长出来的一样，
横斜穿插，把房屋分割成一大块一小块；又像是一个迷宫，错
综复杂，随便在里面转一个弯都有可能会迷路。小巷里的院子

之间并没有完全隔绝，大
多数院子的前面后面都留
有大门或者侧门，所以路
人可以穿过某家的院子到
达另一条小巷，主人并不
介意，巷子也似乎因此而
长到各家院子中去了，一
切都是那么的顺其自然。

　　潮州的巷子狭长而古
旧，巷子两边的建筑物，
有很多都很老了，墙上长
满了斑驳的青苔，有的房
子的主人已不知道搬到哪

里住了。门是关着的，留下的是破旧的红对联以及神秘的辟邪符。树枝从院子里不甘寂寞地探出头来，窥视着小巷的行人，给巷子洒下一片阴凉。我透过各家的木制的八卦门可以看见房子内部情况，中间或者有照壁，或者有一缸翠绿的莲叶，后面还有大木门，那种几扇木板组成的木门现在已经很少见了，但是在这里依然还有很多。各家的房子的内在装修总是不一样的，但是有趣的是，这里的门总是留着空的，不会完全密封。在小巷的巷口巷尾比较空旷的地方，总还会种着一棵大榕树或者凤凰树，树的周围砌着水泥矮墙，放着一些长石板供人休憩乘凉。在大榕树的四周又会蔓延着许多的小巷。这里只是一个中转站而已，小巷的设计者似乎早已预料到行人的疲倦一样，老早就准备好了地方让客人休息。

潮州小巷的宁静是藏在深处的，越到巷子深处越能感觉到这里与别处不同的宁静。特别是在傍晚的时候，巷子里有轻轻的风，绿色的枝叶点缀在巷子两边，头上还有刚出来的月亮，轻轻地洒落着月光，温柔得让人陶醉。巷子里有三两个老人拿着蒲扇在自家门口喝茶聊天、下棋，有几只大黄狗在嬉闹着，也有母亲喊儿子回家的声音，厨房里炒菜的声音等等，还有一些路人进进出出的，或走路，或骑自行车，尽管声音不断，但是越显出小巷的宁静来。

小巷的名字也很耐人寻味，打银街、渔沧巷、国王巷等等，知道那些历史的只有那些老人了，年轻一辈的已经不晓得巷子的名称来历了，人处在巷子间，很容易就被它冲刷掉内心的躁动。时间在巷子里悠闲地流动着，流过了斑驳的青苔，流过了老旧的榕树，也流过了老人的发鬓，但在周围高大的钢筋水泥森林前似乎就被阻隔住了，于是它又折回另一条小巷，继续游荡着……谁知道时间是因为小巷太美了，懒得出去，还是其他原因呢？

潮州西湖美

魏 蔚

小时候，最喜欢去西湖游玩。每个星期最为期待的事，便是天公作美，好让父母带我去游西湖。当时也无知，固执地认为天下西湖，仅潮州一家。殊不知，我国各地共有西湖 38 处，其中浙江 9 处，广东、湖南、四川各 4 处，江西 3 处，河北 2 处，福建 4 处，江苏、广西、云南、湖北、河南、安徽、山东、陕西各 1 处。其中最为闻名的，当属杭州西湖。杭州的西湖，我仍未能前去一睹其风采，但家乡的西湖，却始终蕴涵着我千丝万缕的情愫。

春雨霏霏的时节是赏西湖的最佳时机。漫步在潮湿的青石板路，呼吸着沁透青草芳香的空气，春的生气迎面扑来。都说

　　春雨贵如油，西湖的满山绿木，满地青草，在淅淅沥沥的春雨滋润下，竟如同注入甘泉般，蓬勃生长，焕然一新。茂密的鲜翠覆盖了山峦，铺尽了草地，更蜿蜒在湖边，将湖水映得更显碧绿。湖的两边都植有紫荆树，迎春而绽的紫荆花此时开得分外妖娆。紫红色的花朵纷纷从绿叶中探出头来，争芳斗艳，各展风姿。远远望去，那满树怒放的簇簇紫荆花，如同一片片火云，在春雨中燃烧生命的激情。时有花瓣随风飘落，沾着雨水，落得满地铺红。

　　步入湖心亭，极目远眺，满湖春色尽收眼底。平日静谧如翡翠的西湖，此时被春雨点出阵阵涟漪，春风吹来，将一湖绿水吹皱。缥缈的薄雾弥漫在湖光山色间，空濛一片。湖底游鱼忽隐忽现，远处有渔翁乘筏而来，撒网捕鱼。烟雨迷蒙间，惟一叶扁舟茕茕独立于湖面之上，此景宛若一幅浑然天成的泼墨山水画，在浩瀚天地间缓缓拉开画轴，将这富有诗意的绝妙美景展之于众。难怪"西湖渔筏"被列为潮州八景之一。

夏游西湖，又另有一番情趣。山林树隙草丛间，夏蝉高唱；早起的鸟儿隐在林荫之中婉转啼鸣，好不热闹。最美应在芙蓉池，此时正值荷花盛开，满池荷叶层层叠叠，翠绿逼人。叶子出水很高，风一吹，本是肩并肩挨着的整池荷叶摇曳飘摆，犹如连绵起伏的碧浪，哗哗作响。层层荷叶间的荷花或含苞待放，袅娜摇曳；或灿若云霞，娇若处子；或洁白胜雪，亭亭玉立。微风过处，传来一缕缕沁人心脾的清香，这香气如同一条柔软的绸带，抚过你的脸颊，撩过你的耳边，缠绕在荷塘周围久久不散。荷叶底下，偶有几条艳丽的锦鲤嬉游而过，留下荡漾的水纹。若遇到快下雨的阴天，时有红色的蜻蜓伫立荷尖，一动不动，像在等待一场倾盆大雨来洗去盛夏的酷热。突然间，天色骤变，天空黑云密布，几声响雷过后，豆大的雨点狂奔而来。受惊的红蜻蜓立刻振翼而飞，徒留小小荷花在狂风暴雨中飘摇。芙蓉池中心有一精致凉亭，颇有苏州园林的建筑风味，可供人们避雨纳凉，此刻在亭中观荷听雨，也是饶有意味。密雨穿插在满池清荷之中，激起一阵阵涟漪。大风肆无忌惮地将荷吹得摇摇晃晃，那一朵朵荷花此刻好像一叶叶小舟，在翻腾不定的绿浪中浮浮沉沉。雨点敲打在宽阔的荷叶上，发出沉闷的声响，继而顺着荷叶的脉络滑入水池中，又传来清脆悦耳之声。而风雨过后，那一朵朵看似娇弱的荷花竟依旧挺起腰板矗立在水中，而残留在荷叶上的滴滴雨珠，晶莹剔透，如一颗颗璀璨的明珠，与荷叶相映成趣。

西湖喂鲤，是广受游客喜爱的一个游玩项目。或许是因为西湖山清水秀，仙气灵动，这西湖中的锦鲤，也是相当通人性。若你只是站在湖边观望，只能见到寥寥几条嬉游于水草之间，神情悠闲。但倘若你扬手撒下饲料，上百条艳丽斑斓的鲤鱼会突然从碧绿的湖水中冒出，蜂拥而至，挤成一团。这一

大片鱼群争先恐后，使尽力气往前涌，像波浪般一波接一波地卷过来，煞是好看！它们一只只都张大嘴巴，贪婪地等待着美食。挤在前头的，自然欢欣雀跃，享尽美食后不停跳跃翻腾以表达自己的欢快；仍在鱼群末端的，奋力挣扎，力求突破重围攻入前方。踊跃欢腾的鲤鱼群如同一朵盛开在碧湖中的橙红大花。

西湖的美景，无处不在。西湖的美景，总是让我念念不忘。如今身在异乡求学，仍时不时怀念当初在西湖漫步赏玩的情景。不知当我重游西湖时，又将体味到什么？

古镇风情

易 希

　　我住的这座古城，东面有一道韩江，是从闽赣的青山里流下来。以前，站到古城的城墙上，就可以看到很多的竹筏和木排，从上游顺着江水浮下来。但是，更多的时候，我宁可顺着城墙往前走，到北堤一个叫做"鳄渡"的地方，眺望隔江那一座屋脊嵯峨的古镇。韩江是一条偏僻的河流，世界上也没有多少人认识它。但是韩江两岸的古镇，却是民风淳朴，秀美如画。到 20 世纪 60 年代，站在鳄渡这地方，还可以望见对岸一溜精赤的排工，浸在齐腰的江水里，吭哧吭哧地卸木排。韩江放排的俗例，就是下水的排工不穿衣。因为长年累月在水里站，湿水的衣服就伤身体。那时，我看到了一个瑰丽的画面：一边是桥头洗衣的村妇，一边是堤畔上排的裸男。

并且，千百年来，这种和谐的画面，就一直在江边存在着。

韩江岸边的古镇，每一座都是一幅独具韵味的风情画，茶阳的煤，高陂的瓷，溜隍的斋糕和草席。这座使我流连的古镇，就叫意溪，在潮州上游6华里的江那面。韩江从崇山峻岭到这里来，已经从湍急的峡谷走到了平缓的三角洲，屹立在三角洲顶点的意溪，就占尽了地利水利的优势。1949年以前，这里是3省72县杉木的集散地，那时，从闽赣下来的竹木排，就一直从橡埔泊到了头塘，沿江沿岸8华里。可以想见，那时的风景一定很悦目。那些赶了几天几夜水路的排工，这时候可以在这山清水秀的码头泊岸了，以他们这时的心情，一定会哼着韩江流域的畲歌和客家山歌。

昨天，我又到鳄渡的时候，在新建的祭鳄台的石亭子里，几位闲坐的老伯就告诉我，当年，意溪是相当奢靡的，单寨内、坝街、长和那几处显眼的地方，就有赌摊36处，饭庄酒馆28家。我想起的却是古镇曾经很旺的竹木业。青竹片成的用来做香梗和竹帘的篾枝，年年都晒满了一条韩江的大堤，而闽粤一带穿行的木屐，也大多是意溪的匠人制作的。我也想起童年打惯了赤脚的我，那时最大的愿望，竟是拥有一双属于自己的木屐。现在，家家都用上铝合金百页窗帘且人人都穿上了皮鞋。逝者如斯夫，从韩江的这边望过去，依山傍水的古镇，虽历尽沧桑却依旧风情万种。

在漫长的历史长河中，在长期的对外交往和中西文化交融过程中，潮州的原生文化与周边文化、中原文化、海洋文化互相交流渗透，形成了风格独特的地域文化——潮州文化，拥有地方特色鲜明、结构完整、门类齐全、品位甚高的文化景观。潮州方言、潮剧、潮州音乐、潮州大锣鼓、潮州菜、潮州功夫茶等，无不具有鲜明的地方色彩，蕴涵浓郁的中古遗风，潮州因而被汉学家誉为"中原文化的典橱"

品味
地方风情

潮州市国家级非物质文化遗产名录

遗产名称	类　别	申报地区
潮州音乐	民间音乐	潮州市
潮剧	传统戏剧	潮州市
木偶戏（潮州铁枝木偶戏）	传统戏剧	潮州市
剪纸（广东剪纸）	民间美术	潮州市
粤绣（潮绣）	民间美术	潮州市
潮州木雕	民间美术	潮州市
歌册（潮州歌册）	曲艺	潮州市
泥塑（大吴泥塑）	传统美术	潮安县
灯彩（潮州花灯）	传统美术	潮州市湘桥区
枫溪瓷烧制技艺	传统技艺	潮州市枫溪区
茶艺（潮州功夫茶艺）	民俗	潮州市

潮州市省级非物质文化遗产名录

遗产名称	类　别	申报地区
潮州剪纸艺术	民间美术	潮州市
潮州音乐	民间音乐	潮州市
潮州饶平布马舞	民间舞蹈	潮州市
潮剧（潮州）	戏曲	潮州市
潮州铁枝木偶戏	戏曲	潮州潮安县
潮绣艺术	民间手工技艺	潮州市
潮州木雕艺术	民间手工技艺	潮州市
潮州大吴泥塑	民间手工技艺	潮州市
鲤鱼舞（潮州鲤鱼舞）	民间舞蹈	潮州市
潮州歌册	曲艺	潮州市
潮州花灯	民间美术	潮州市
枫溪瓷烧制技艺	传统手工技艺	潮州市枫溪镇
畲族招兵节	民俗	潮州市
饶平彩青习俗	民俗	潮州市饶平县
潮州功夫茶	民俗	潮州市
陈三五娘传说	民间文学	潮州市湘桥区
潮州麦秆剪贴画	传统美术	潮州市湘桥区
潮州彩瓷	传统美术	潮州市
浮洋方潮盛铜锣制作技艺	传统技艺	潮州市潮安县
潮州抽纱刺绣技艺	传统技艺	潮州市
潮州菜烹饪技艺	传统技艺	潮州市
枫溪手拉朱泥壶制作技艺	传统技艺	潮州市枫溪区
潮州"出花园"	民俗	潮州市湘桥区
镶嵌（潮州嵌瓷）	传统美术	潮州市

在潮州吃小食

林桢武

外地人只知道有潮州菜馆，但真正要尝到地道的潮州小食，却是很难的。在潮州，到处都是小食摊，随便往路边一蹲，来一点什么样的点心，三元五元就让你吃个够。主妇们则用一个薄膜袋装了，带回家去，也可敷衍一顿午餐的。

我喜欢在潮州吃小食，那是一种平民化的生活，既轻松，又具风味，所以我以为，小食最能代表一个地方的文化了。潮州小食多，任何一个潮州人都能扳着手指数列出若干种式样。有一次，我在朋友家看到一种像北方饺的东西，朋友说，那是笋粿，北方饺用的是面粉当皮，包的是菜，而笋粿用的是米粉做皮，包的是竹笋。用料不同，做法殊异，味道自然也就不同。潮州小食的特点是"小"，一个米粿才拇指大，在木印上印出桃的形状，里面还有精细的花纹图案，一个一口，十分适当。

潮

州

在潮州，谁家谁家的什么什么最拿手，人们都很清楚。大概每一种小食都有其做法上的奥秘。我曾在西马路头吃牛肉丸，潮州的牛肉丸以脆见长，咬在口里响当当的，往地上一甩，可弹人高。牛肉丸汤中加一小撮紫菜，下一滴香油，味道着实很鲜美。我看到一个很时髦的女人，跷着二郎腿，脚指头不停地动，吃得十分悠闲，碗边还留下一搭口红。朋友对我说，小的时候，卖牛肉丸的挑着担子穿街过巷，小孩子丢下五分钱的镍币，买一粒吃，也只是那么一粒而已。

潮州人家也有善于弄一两样小食的。我曾在一位朋友家里吃到一种白粿，白粿中掺白肉瓜丁，清甜滑润，据说必须在重要的节日招待重要客人才端出，可见其珍重之至。

冬天我喜欢到街上吃蚝煎，牡蛎搅淀粉在煎盘上猛煎，敷上鸡蛋，放些许芫荽。学者杨方笙有词句："镶金点翠试蚝

煎"，金即指蛋黄，翠便是芫荽了，一个"试"字，颇传神，真是色香俱全。

当然吃得最有规模的是在酒家上，作家刘心武和邵燕祥来潮州，我跟他们在古城宾馆吃午餐，吃的全是潮州小食，让作家尝尝小食，很有必要。邵燕祥指着陪同的潮州作家说，今天我遇到了几位美食家，做菜难，点菜更难。几巡酒下去，酒意仍未减，他不停地抓五香花生往嘴里放，对那碟酸菜也赞不绝口。

近年，潮州小食中也有混进外来的。一个很冷的中午，街上行人稀少，我们几位朋友缩着脖子，钻进一间小店，是绍兴人家开的，卖烤笼包，同样是小小的，一竹笼中盛八个，我们不知道一口气吃了多少笼。朋友称店主人为"大叔"，对他说，何不取个名叫"咸亨小食店"什么的。店主人大笑。

潮州有好多小食摊，现做现卖，供人们买回家吃。在街上，常常可看到店里的大鼎，用柴木炊，那是萝卜粿，最传统的炊法，潮州小食基本上还是传统的做法。我们也常常可以看到老太婆在卖咸水果，一个个点上"萝卜干"粒，动作很是利索。潮州人吃小食大多是"食趣味"，即点心用。有时工作忙，或想改改口味，却不请客人，大概小食嫌小，不庄重，非摆出潮州菜不可。其实，客人尤其是外地人，能吃到正宗的潮州小食，也是够口福的。

我细细地品味，潮州小食是精细平易的，让人感到亲切，就像潮州人一样富人情味。从粗粝走向精细，这个过程构成了悠久的历史。小食不小。

潮

州

私房佳肴潮州菜

居　韩

　　林文月是《台湾通史》一书作者连横的外孙女，她自己在台湾大学教授古典文学，著有《谢灵运传》，也翻译过日本文学名著《枕草子》。她的散文著作《饮膳札记》举重若轻，却不经意地写到潮州许多菜肴。

　　《饮膳札记》的副标题是"女教授的 19 道私房佳肴"，却不料其中第一道佳肴就是"潮州鱼翅"。林文月女士在开篇说道："从前，若有人问我最爱吃的菜肴是什么，我会毫不犹豫地回答：'潮州鱼翅'。那种浓郁而细致的口感味觉，即使在美不胜收的中国南北佳肴里，也应该可以算得上是人间美味之首吧。"林女士喜欢潮州鱼翅的原因是在"我所吃过的鱼翅中，以泰国曼谷街巷内一家潮州老华侨所制作的印象最为深刻。那店面丝毫不起眼，桌椅摆设亦极简单，只卖鱼翅与煲明虾二色，皆以小砂锅盛之，每人一小锅。热腾腾香馥馥的小

砂锅内，除了黄亮浓稠的羹汤，只见两片小排翅，滴上两三滴红色的香醋食之，无论口感与味觉均属一流"。因此，她博采众长，在家庭琢磨制作这道名菜。她的经验在于买来的干鱼翅须经过三次泡发，"这三次发鱼翅，几乎耗费自晨至昏大半天的工夫，或许令人感到不耐烦；但文学艺术之经营，不也需时耗神费工夫吗？如果你能以艺术之经营看待烹饪，则这半天的工夫就算不了什么了"。而煨潮州鱼翅的高汤用材"是一只鸡、一只猪脚与一段火腿。鸡一定要用土鸡，唯不必太大；猪脚，可用前蹄，无须肉多；至于火腿，可取横切的一整段，务必将皮上及周围的杂质脏东西剔除干净，以免熬出来的汤带怪味"。

潮州鱼翅这道菜其实在清代就很出名，据徐珂《清稗类钞》记载，"粤东筵席之肴，最贵重者为清炖荷包鱼翅。价昂，每碗至十数金。闽人制者亚之"。清代所言粤东即指潮州府，这里还特别指出闽菜鱼翅不如潮州。该书谓"鱼翅难烂，须煮两日"，"用好火腿、好鸡汤，加鲜笋、冰糖钱许煨烂"。至现在潮汕地区，清炖鱼翅仍居十大金牌潮菜之榜首。民国时期北京的"谭家菜"十分著名，学者名流都喜欢这种家庭式宴席，四十银元一桌尚须预订，其中名馔有清蒸鱼翅和红炖海

参。不久前《潮州日报》有文章披露，其掌勺人即书画鉴赏家谭篆青的如夫人、饶平女子赵荔凤，可知名扬海内的"谭家菜"也以潮州鱼翅为主体。香港潮籍美食家蔡澜在《蔡澜食材字典续编》中也有文章盛赞潮州鱼翅，可见潮州鱼翅出现在台湾大学女教授林文月笔下就不是偶然的了。

　　林文月是散文名家，1978 年在《过年·萝卜糕·童年》一文中便提到从看母亲做萝卜糕到自己下厨制作的过年情景。1984 年在《过年心情》一文中说，"最能表现过年气氛的具体事项，恐怕是吃萝卜糕了"，萝卜糕"我们一向惯用闽南语'菜头粿'"。《饮膳札记》也用不少篇幅来记述萝卜糕："萝卜糕是家人团聚的年夜饭中不可缺的，而农历年终日，往往在二十九日，所以我们从小习惯跟着父母称除夕为'二九暝'。制作萝卜糕的时间，最好在二九暝前两天，以避免与烹调其他菜肴冲突而添加忙碌；太早制作，则又恐放置久而失去新鲜味。"林文月的先生郭豫伦是潮州人，所以她"婚后学得豫伦

家乡的潮州式萝卜糕，更受我们的儿女喜爱"。她强调"潮州
式萝卜糕蒸出来，较诸台湾式或广东式萝卜糕稍硬而有嚼劲，
其差别在于萝卜刨丝后不入锅焖炒，直接把生萝卜丝与米浆混
合蒸制"。以下就不厌其详地描述了过年前制作萝卜糕的全过
程，其中那"满水大火蒸约一小时到一小时半，可取一枝筷子
插入，不会黏沾，且闻到浓郁的萝卜香气，便表示已经蒸熟
了"，读来颇感亲切，笔者童年时所见母亲试探菜头粿是否已
蒸熟就是这个样子。今日潮州也是将萝卜糕直呼为"菜头粿"。
潮籍学者陈平原先生在读《饮膳札记》并为之作序时说："其
中说到潮式萝卜糕和台式或广式萝卜糕的差异……让我恍然大
悟，这么多年来，每当有广州或台湾的朋友向我极力推荐他们
的'名品'萝卜糕时，我总觉得味道不大对；原来'此糕非彼
糕'，儿时的深刻记忆，竟成了某种'接受障碍'。"

　　《饮膳札记》19道私房佳肴中，炒米粉、清炒虾仁、五柳
鱼等也能见到潮州菜的影子，这里就不多引述了。尽管作者认
为"宴会的目的，饷以佳肴固然重要，制造饮食欢谈的气氛更
可贵"，笔端常常写到师友在宴饮中欢聚之情，我还是从中拈
出有关潮菜的描述介绍给读者。

海外竹枝词
[清]潘乃光

买醉相邀上酒楼，唐人不与老番俦。
开厅点菜须庖宰，半是潮州半广州。

潮 州 蜜 柑

秦 牧

听园艺家们说，世界上
的水果，大体约有 400 种(这
是就大类来说，例如各种各
样的香蕉，只算一种)。从只
有几克重的樱桃到大者可达
三四十公斤一个的菠萝蜜，
种类繁多，不胜枚举。这里

面，葡萄、苹果、梨子、桃子、荔枝、芒果、榴莲、柑橙等，
应该算是"顶儿尖儿"的几种珍品了。它们各各在世界的某些
地方，被人尊为"果中之王"。

其他的果子人们谈得多了，这儿我想来谈谈我们家乡的名
产——潮州蜜柑。

不论在国外还是国内的水果市场上，我所吃到的柑、橙、
橘之类的果子，四川綦江的广柑也好，湖南洞庭湖畔的橙子也
好，江西南奉蜜橘也好，或者国外的什么名种"新奇士橙子"
都好，尽管它们都各有其美妙之处，但是比起潮州蜜柑来，我
觉得都稍逊一筹。

当我做小孩子的时候，要是逢到年节，大人们常破例给一
个特大的蜜柑，它是那样的肥硕，金灿灿、黄澄澄的，果皮膨
胀起来，大体和果肉互相分离，实际上仅靠果络和蒂部保持联

系，看起来就像个艺术珍品一样。这种顶上蜜柑，大的一个可达半斤以上。小孩子是嘴馋的，但是拿到这样的蜜柑，我往往舍不得吃，总要赏玩大半天才肯剥开，因为它实在是太美丽了。剥开之后，你尝一尝果肉，那种香甜美妙的味道实在是很难形容的，它甜得迷人，不待说了，而且仿佛在果汁中，有一种森林之晨的清新气息。

这种果子，早就成为驰名国际的珍品。三十年代，从汕头开往香港的轮船，启碇之前，常见有小贩登上甲板兜售，每袋四个至六个，卖一个银元。那时，一个银元，几乎可以作一星期的伙食费呢！它的名贵，也就可想而知。

潮州的柑橘类果子，一种是橘，一种是"雪柑"(橙子)，一种是"蕉柑"(皮和肉紧贴着的)，另一种是"椪柑"(即果皮松软膨胀起来的)。这儿所说的"潮州蜜柑"，指的是最后一种。现在，外省人大抵也能够吃到广东的"蕉柑"，但是真正的潮州蜜柑，外省还是极其罕见。

为什么潮州蜜柑这么珍贵呢?一个柑农曾经幽默地告诉人们："你问种蜜柑有什么门道吗?我也不知道。但是，我听人家说，蜜柑有一个怪脾气，它喜欢'吃人影'。"柑农这句话，实际上是委婉风趣地告诉人们，蜜柑，得辛勤劳动，格外小心才能种好。

蜜柑的老家，潮州有一首民谣这样吟唱道："绿林坡上朱红装，秋来蜜柑压枝弯。"愿这样的美景能够大规模展现于南国原野之上吧!

明月水中来

司马攻

我有一把小茶壶，宜兴出品的朱砂小壶。壶底刻着"明月水中来"五个行书，署名孟臣，书法古朴，笔势灵劲锋利，似是用竹刀刻割而成的。壶把后面钤有"昌记"的小印。

我不想去考证这小茶壶是什么时代的"孟臣"。孟臣姓惠，明朝天启时代的人，是一位制造小茶壶的名家，他已经死去好几百年了！但是现在新制出来的宜兴砂壶，还有钤着"孟臣"二字的。孟臣壶在潮州是最普遍，也最为人赏识的小茶壶。

至于我这把小茶壶，我对它很是珍惜。因为这小茶壶现在是属于我的，而数十年前是属于我祖父的。

小时在故乡，我每天都见到祖父用这把小茶壶，冲出比小壶更小的四杯浓浓的茶来。有客人到来，他同客人喝着，没有客人他就自己独自一个人喝。有时祖父也要我喝茶，我也照喝了。茶是浓浓苦苦的，我闭着眼睛一饮而尽，皱着眉头，张个苦脸跑开了。祖父摇摇头，笑着说："这孩子就是不会喝茶！"

祖父去世后，不久我离开了家乡，不知当时我是怎样想的，便将这把小茶壶带在身旁，跟着我辗转过很多地方。

在那段时间，我有时也曾经用这把小茶壶，冲几杯潮州功夫茶喝，不过这是很少有的事。这把小茶壶大部分时间都是寂寞地呆在小木箱里。

30 多年前我到泰国来，这把小茶壶又被我带着同来。这里喝潮州茶的人很多，就同故乡一样的普遍，我也开始喝起茶来。这把小茶壶十多年的寂寞被解除了。

浓浓的茶从壶嘴流出，盈在洁白的小杯里，吸进了我的口中，香滑滑的，没有半点儿苦涩的味道。"这个不会喝茶的孩子"现在也学会喝茶了。我一面喝茶，一面看着挂在壁上的祖父遗像，默默地这样想着。

我尚未结婚，就习惯喝潮州功夫茶。现在我的大儿子已十多岁了，我的茶瘾似乎越来越大，我这把心爱的小茶壶也跟着越来越忙碌起来。有时我也要我的儿子喝喝茶，可是他只喝了小半杯，就把杯子放下，"哎呀！这样热，这样苦！我不要啦！"做个鬼脸跑开了。

我有一个感觉：这把小茶壶，算是传了三代的

小茶壶，将来又要寂寞了！当我死去之后，它可能会永远地寂寞下去。我的儿子是不会喝茶的！这小茶壶将来的"命运"如何？被打碎了，还是被冷藏起来？唉，我倒后悔把它带到泰国来了。

有一天，那是一个假日，我出外访友回来，当我踏进客厅里时，我大大地吃了一惊，我那个十多岁的儿子，他坐在我经常坐在那儿喝茶的地方，

用他那生硬的手法，拿着这把小茶壶，正在冲他的功夫茶喝。

他一见到我，笑了一笑，就走开去。我也什么话都没有说，只是笑了一笑。这时我心中的笑意比脸上的笑容还要强烈得多。

这把小茶壶将不会寂寞，它又将有新的主人了。它前时是我祖父的，现在是我的，将来是我的儿子的。

"明月水中来"，这个明月，我看得分明：她是故乡的那轮明月。这明月我将留给我的儿子，以及他的儿子。

潮州春思（六首选一）

[清]丘逢甲

曲院春风啜茗天，竹炉榄炭手亲煎。

小砂壶瀹新鹪觜，来试潮山处女泉。

岂是风流学晋人

杨方笙

旧时潮州人无论男女老幼都爱穿木屐，室内户外，经常都能听见"嗒嗒"的木屐声。外地人看着总会透着新鲜。明代江西人郭子章于万历十年(1582)来潮州作知府，"初至甚讶之"，后来才听说潮州人所以爱它，是因为着屐有"五便"：一是南方卑湿，穿屐可以隔开湿气；

二是炎夏酷暑，穿屐可以透气纳凉；三是木屐价廉，穿屐可以省鞋；四是洗澡冲凉，穿屐脚板可以速干；五是夜行有声，穿屐可以防止干坏事。也许我们对穿屐的好处还可以再补充几条，比如有时大人责骂孩子，便脱下一只屐举在头上威胁作势。

清初徐乾学来到潮州。他是江苏昆山人，对潮州人着屐的习俗也感到有些奇怪。在一首《潮州杂兴》中他发问说："无分晴雨穿高屐，岂是风流学晋人？"还有一位孟亮揆，也是外地人，在他所写的《潮州上元竹枝词》里叙到潮州印象也说："怪他风俗由来异，裙屐翩翩似晋人。"

木屐在我国起源甚早。那些属于传闻的姑且不说，从考古发现看，安徽马鞍山三国大将朱然墓的随葬品中便有一双髹漆木屐。三国的时代早于晋。为什么徐、孟两人谈到着屐都说是"学晋人"、"似晋人"呢?这是受到史传和《世说新语》等书的影响。《晋书》和《世说新语》中都有当时有名人物爱着屐的记载，如谢安在淝水之战获胜的战报传来后，先是故作镇定，可是后来毕竟按捺不住内心的兴奋，在迈出门槛时"不觉屐齿之折"。又如说谢灵运(刘宋时人，距晋不远)性喜游历山川，为了方便行走，上山时去掉木屐前齿，下山时去掉木屐后齿。

　　说到这儿，有人或许会想，潮州在东晋末年有过一批中原移民，会不会就是他们将着屐风气带来并且影响到现在?我看这样的推论未免过于拘执。其实据某些学者考证，发明屐和爱着屐，都是吴越文化的产物。潮州向来受吴越文化浸润甚深，又处在温热多雨的地带，穿屐既有前面说的"五便"，人们还能视财力之所及髹以亮漆，系以彩绊，将它美化，成为"时装"的一部分。所以虽然后来江浙人已经渐渐不穿屐了，这种爱着屐的习俗还能够在潮汕保存下来。目前潮汕人爱着拖鞋，实际上即是木屐的"现代化"。

美哉！潮州音乐

陈放

潮州音乐有一种独特的美。

我虽不擅长吹拉弹奏，却一直喜欢欣赏和探究，一来二去，稍微摸到了潮州音乐的脾性。

潮州音乐的脐带连着唐宋词乐。它在正字、弋阳、昆山诸调的基础上，融汇了秦腔、汉剧和本地民间小调的特点，逐渐发展而形成今天的样子。像《平沙落雁》、《蓝关雪》、《黄鹂词》、《渔家傲》等曲目，或素淡，或悲怆，或清丽，或豪壮，一首有一首的意蕴，难怪当地人称曲目为"弦诗"，这个"诗"字用得着实贴切。有一类曲目叫做"北正宫"、"南正宫"什么的，听了演奏，简直叫人想起了"歌管楼台声细细，秋千院落夜沉沉"的诗句，

125

别有一种雍容敦厚的宫廷气派。至于民间的生活情趣，往往也是"题中所有"。比如《抛网捕鱼》、《粉蝶采花》、《画眉跳架》、《骑驴歌》等等。最叫人称道的是一首《咬鹅》，忽而"哦哦"拍翅，人摇人摆；忽而下河嬉游，撕咬不已——把潮州狮头鹅的尊容，勾勒成一幅有声的画，真是惟妙惟肖。

潮州音乐使用的是古老的"工尺谱"，调式多种多样，最富有特色的是"活五"调，它全凭乐师的手指快速灵活的滑揉，一如古琴的退复指法，音偏高近半音，极不稳定，俗称一音三韵，最适宜于表现凄婉悲恻的腔调。潮剧青衣唱腔往往在悲悲切切的感情巅峰上，女角的一声"苦啊——啊——"的拖腔之后，就有一段如泣如诉的唱段，听了令人怦然愀然，泪珠暗下，那便是"活五"调的魅力。

潮州音乐使用的乐器也颇具地方特色。"首席小提琴"的称号得赠给二弦。二弦状似胡琴，用紫檀木制成啤酒杯般大小的音箱，蒙上蟒蛇皮，拉弓演奏时，乐声紧、密、尖，如掷金石，如鸣秋虫，又似咬字准确的演员腔调，故而得名。打击乐器方面，大鼓、深波(一种锣)、苏锣都是各擅胜场，为外地乐器所无。

按照演奏乐器的不同，潮州音乐分为多样，以二弦、扬琴、椰胡为主的叫弦乐，声调铿锵，激越清亮。以琵琶、古筝、三弦为主的叫软线乐，铮铮琤琤，珠落玉盘。以笛、箫、笙、管为主的叫笛套乐，曲调幽雅，古朴清丽。至于肃穆庄严的庙堂音乐，则用唢呐作主奏的。另有一类由民间打击乐和管弦乐合奏，叫做锣鼓乐，主奏用横笛的叫小锣鼓，用唢呐的叫大锣鼓。潮州大锣鼓，在我国锣鼓乐中独树一帜，每逢节日盛会，潮州大锣鼓就派上用场。瞧，大道上，广场上，几十个操着各式乐器的乐手，紧紧盯着司鼓者——乐队的总指挥。那场景，不是有点"沙场秋点兵"的味道么？鼓槌，

挥起来！槌末扎着红绸带，火苗一般跳动！紧接着，只听得鼓点冬冬，锣鸣喤喤，急管繁弦，响声飒飒，如雨，如潮，如衔枚疾走，如万马奔腾。少顷，鼓槌一挑，雄浑粗犷的打击乐暂停了，管弦乐奏出了轻快优雅的小行板，又是一番气象。一忽儿清泉幽咽，月出东山；一忽儿莺歌燕舞，日照中天……

潮州音乐就是这样奇妙地体现着多层次、多风格的美。它，古老而又青春，富于宫廷韵味而又不乏生活气息。雄浑和清丽，粗犷和细腻，肃穆和活泼，浑然融成一体。它的影响绝不仅囿于潮州。早在 20 世纪 30 年代，人民音乐家聂耳就曾经吸收了潮州音乐的营养，创作了《金蛇狂舞》、《翠湖春晓》等多首器乐曲，深受音乐界的好评。建国后，中央和广东省的乐团都曾演奏潮州音乐的曲目。1957 年在莫斯科世界青年联欢会上，潮州音乐声誉倍加，被称为"东方音乐的南国明珠"。近年来，广东的艺术团体出访香港、泰国、新加坡，潮州音乐也成了不可缺少的艺术珍品。

音乐是人民的心声。放眼当今的潮州，人民生活像南海涨潮，波涛壮阔。可以相信，令人倾心的潮州音乐，也定然能够紧锣密鼓，急管繁弦，翻出更加动人的古调新声来。

母亲潮剧缘

陈再见

母亲爱听潮剧。早在 20 世纪 80 年代，母亲就私自拥有一台录音机，为的就是听潮剧。每逢赶圩，母亲就从集市里买回各种磁卡带，什么《赵少卿》、《四郎探母》、《秦香莲》……为这事父亲没少生气，因为那时家境不是很好，磁卡带无疑是一笔不少的开销。母亲自有她辩驳的道理，她说，咱没读书不识字的，不听戏这日子能有什么乐趣啊？一句话顶得父亲哑口无语。在家乡，像母亲这样的农家妇女连普通话都听不懂，巷口的露天电影只能凭影像猜故事，这时听戏便成了她们最热衷的选择，因为潮戏说唱都是家乡方言，朗朗上口，通俗易懂。

记忆里，每到晚上，我家就聚满了前来听潮剧的村民。录音机就搁在谷囤子上面，婉转圆润的吟唱流淌而

出。听者手执蒲扇表情庄肃。听至凄惶悲恸时会跟着哭泣，当然母亲哭得最厉害，听《秦香莲》时，她哭得眼睛都肿了，茶饭不思；而一旦听到坏人偿命好人雪冤大

快人心之时，大伙也会跟着欢呼，评头论足，大叫报应，一副参悟世事看破红尘的样子。

戏听多了，母亲还会唱，完全的清唱，没有伴奏。而《春香传》是母亲唱得最好的曲目，当唱至艺妓春香于端阳夜与李梦龙庭院幽会那一段时："我变作紫禁城内龙凤鼓；你变作长安钟楼万寿钟，钟声……"那声情并茂的神态和诙谐有趣的语调简直让人疑是戏中人。

听戏其实并不能满足母亲，母亲无时无刻不期盼着看一场戏。每年年末，村人会筹资，然后择日邀请戏班来村里搭台唱戏。当然，由于资金有限，每年都只能请到饶平、揭阳一带的普通剧团，而潮剧名角如方展荣赵长城等是请不到的。但无论怎样，能真人实景看到戏，已经是让乡里人激动不已了，母亲更是兴奋得坐立不安。太阳还没落山，母亲就携儿带女在台前耐心静候了。时值冬季，天气冷，通常还要抱上棉被、茶壶什么的。我生性好动，坐不住，老是跑到戏棚后面偷窥演员更服化妆，只见他们朱面敷粉，胭脂膏黛，云冠霞帔，堂皇艳丽，很是惊奇。晚上七八点钟的时候，台前已人头簇拥，本村的邻

村的，一路挤到百米开外的祠堂门口。突然锣鼓齐鸣，唢呐二胡古筝也相继奏响，音律悠扬。这个程序村人称"起鼓"。然后，帏幔缓缓揭开，戏开始了，生旦净末丑，逐一登场，拂水袖翻摆，引腔吟唱……台下顿时肃静，无论男女老少，个个聚精会神。再顽皮的孩子这时都不敢乱跑，此刻的捣乱准会惹来全村上下的怨恨，弄不好还会挨一记耳光。

　　戏一般只能唱四个晚上，每晚都要唱至凌晨三四点，而母亲是一个钟头都不会落下的，直到戏班拾掇好行囊离开村子，这时母亲怅然若失，要持续一段时日才能恢复。

　　有一年，母亲还想让我跟着戏班去学戏，听说后来是戏班里的戏老爹婉言谢绝了，母亲才作罢。

　　时至今日，母亲仍热爱着她的潮剧。之前的录音机早已经被 DVD 和音响替代了，可惜母亲年事已高，眼睛不好使了，耳朵也背了，每次看都要凑得很近。

　　母亲的儿女当中就三哥得到了遗传，也喜欢潮剧。三哥就在府城打工，每次回家都会带来很多潮剧 DVD。母亲说，还是老三孝顺啊！我们听了心里就酸酸的。

爱莲人家

蔡泽民

入夏之后，假如你踏进潮州古城，随着清风徐来，你会感到阵阵醉人的莲香沁人心脾。透过雕花刻鸟的每一扇栏杆门，总可以看到庭院正中栽着一缸莲。撑

得老高的莲叶中间，盛开着朵朵莲花，有金红的、有雪白的、红边的，仿佛是一群窈窕淑女，打着一把把或深碧或嫩绿的伞，挨挨挤挤地聚在一起，不时晃动着伞面，露出一张张脸儿，羞答答地朝你嫣然一笑。

潮州人堪称是爱莲人家。盛夏，家家户户都要喝红糖莲叶茶，借以解暑。如遇亲朋中暑，探病时总少不了以莲叶作礼品；含苞待放的莲花，人们总喜欢连同长长的多刺的花柄剪下来，封上一圈大红纸以示吉祥，或供在寺院的佛前，或赠送尊敬的亲友，或邀请几位挚友到家中饮冰糖莲花茶。潮州人还喜欢把莲子羹当做宴席上的首道或尾道菜，称作"头甜尾甜"。到了采藕季节，用莲藕做菜，更是老少咸宜。

潮州人堪称是爱莲人家。西湖有芙蓉池，城郭之外多莲塘

自不待言，古城里面栽种莲花的就更多了。寺院、庵堂必种莲；富有人家偌大的一座"四点金"（潮俗独特的村居，旧时只有殷富显达的家庭才能建造，其建筑格局有点像北京的四合院，因其四角上各有一间其形如"金"字的房间压角得名），除了每进的大庭院置大莲缸养莲，左右四道花巷也都一一种上莲花，这还不算，连后

花园也挖出小池塘种上莲花。小康人家住的是"爬狮"，天井虽小也要给莲花一方之地；拥挤在那些连一片阳光也采撷不到的"鸽子笼"里的人家，也别出心裁地把一小缸莲花供到墙头、屋脊。

因为爱莲，栽莲也格外讲究。每年的清明节前后莲缸要换一次泥，同时把缸里多余的莲藕除掉。据说节前换泥莲花开在叶上，节后换泥莲花开在叶下。所以人们大都在节前换泥。一到清明节前后，市上就出现了一摊摊出售莲种的。档口上摆着一只只盆子，盆子里的莲藕就像娃娃的小手臂，嫩嫩的、胖胖的惹人喜爱。春雨潇潇之中，深巷里还不时有人挑着塘泥叫卖。从前，塘泥有城河、书院池的塘泥最为肥沃之说。出污泥而不染的莲花，被人们视为最圣洁的。莲栽下之后，不能惊动它。莲叶长"四柱"，就意味要开莲花，人们就要在缸子四周

用竹竿搭起棚子，护莲叶，保莲花。蓓蕾刚拱出泥面，别说动它，连用手指远远一指也被认为是放肆的举动，据说那会把莲花弄"哑"不长。有的老爷爷老太太干脆终日守在莲缸边，就像守着摇篮里的小孙女。莲缸上面不能晒衣服，更不能晾女人的裤子，认为那会亵渎了莲花；晨昏要浇水，水必是洁净的井水；给莲藕下追肥，也不能用人尿人粪，而须用豆渣、豆饼或黄豆，先用纸包好再埋到莲缸的肚子里去。据说，花繁叶茂则莲主家运亨通，花寡叶孤则家门将降不祥。所以，莲缸里开莲花，一家子会喜气洋洋，若能开出并蒂莲，更会引为祥瑞。所以为保持莲的旺相，虽说莲叶是夏天解暑良药，有人宁可到街上买莲叶，也不在莲缸里折下一柄。

我国栽种莲花有三千余年的历史，潮州人种莲花的历史也颇长。相传韩愈来潮时，曾在笔架山下开辟东湖，绕湖边亭榭，放养鸳鸯和栽种莲花。宋代潮州扩建西湖时，也栽种莲花以作观赏。当时的潮州知事林嶂在《重辟西湖》诗中就有"带烟插柳阴虽瘦，趁雨栽荷绿已肥"的诗句。到了清代潮州又遍栽莲花，城郊更有大面积种植。

莲的用途有三种：藕用莲、食子莲、观赏莲。潮州以观赏莲居多。有单瓣、千层瓣、金红、纯白、锦边、红边六种。观赏莲有两个相当珍贵的品种：一是碗莲，潮州人称"苏莲"，是一种微型莲花，叶如碟，花如钱，小巧玲珑甚为有趣；一是锦边莲花，开花时，雪白的花瓣由里到边镶嵌着一道道锦线，色由深渐浅，极为美丽。

美和栽种莲花一样，只有你尽心热爱她，全副身心护卫她，才能在你身边永聚不散。

｜美女潮州｜

陈剑州

一个城市是应该有点历史的。作为古城，潮州也确实有点古了，因此也就滋生出很多很有特色的东西来。潮州人一直引以为豪的，是旅游资源丰富、陶瓷国际有名等等。其实在我看来，这些都还不能够代表潮州。潮州八景我都看过，但我总觉得这里的旅游文化稍嫌单薄，不够大气，枫溪的陶瓷小有名气，但还是无法与景德镇相比，所以如果要我来说的话，我觉得最能够代表潮州的有这么三样：一是功夫茶，二是潮剧，还有就是潮州的美女。

潮州是个悠闲的城市，在这里生活，很多的时候，你并不需要做什么，闲来无事，你就可以到大街小巷去逛逛，比如沿着太

平路或西马路走，除
了可以听听潮剧，喝
喝功夫茶外，一不小
心的话你还可能会碰
上一个让你心动的美
眉，诗意一点地说，
就是"走在悠长悠长

的雨巷，遇上一个丁香一样的姑娘"。如果你看她皮肤白皙而
微红，走路随意而显得大气，那么这就是潮州美女了。

　　我之所以这么说是因为很多潮州小姐都有这种特征。贾宝
玉说：女人是水做的。这句话用来形容潮州女人尤为合适。潮
州地处亚热带地区，依山近海，气候温和，加上民俗饮食清
淡，女子肤色多白皙细腻，眉目水灵而雅气。可以说是"钟灵
毓秀"。正所谓一方水土养一方人，潮州女子清爽得像水做的，
这跟水土是有关系的。当年秦少游的一句"柔情似水"成了多
少男孩子的择偶标准和女孩子的努力方向，但潮州的山水却给
了女人们天然的灵气，这也可以说是潮州美女得天独厚的条件
了。表现在行为上来说，潮州美女无论是说话还是办事，都给
人一种大家闺秀的感觉，她们的美带着香气，也带着霸气。这
和客家的女孩子不同，客家女子比较平实自然，她们讲究现实
和随缘，不带媚气。客家女子的美就像江淮梅雨季节产生出来
的梅子，须细细品味你才能感受到她内在的清丽气质。而潮州
女子则善于在一瞬间捕捉你的感觉，是那种让人看一眼也无法
忘掉的惊心之美。她们的内质中既有威慑力，又有亲和力，她
们会让男人们感觉出门千里走，伴随着潮州女人两只手；世上

万般难，背靠着潮州女人进港湾。

　　当然容貌不是美女的唯一标准。气质、文化、修养、技艺相结合，才能算是真正的美女。潮州女子的综合素质也普遍不低，和潮州女孩交谈，你会觉得她们似乎都见过大世面，很有文化底蕴，丝毫不会比林青霞或张柏芝逊色。潮州女子多才多艺也是有名的，举个例子来说，潮州女子几乎个个都善于刺绣和插花，走在潮州的大街小巷，常常会看到半开合的门楼里，有三二个绣女聚在一起，十指纤纤一边飞针走线，一边谈笑风生。潮州女子就在这样的环境气氛中，在花针下绣规前，培养出淡雅的心性与闺中的气质。所以说，潮州女子无论在容貌气质还是在文化修养方面，都算得上是美女，说"潮州出美女"毫不为过。如果你觉得只有苏杭扬才是天下美女的产地的话，那么到过潮州以后你就会觉得这其实是一种误解。

　　国学大师饶宗颐说：人的左右二脑可分别从事理性科学和感性艺术。饶先生是潮州人，我觉得引用他的话来说会亲切一点。当然他说的艺术指的文化艺术，但一个美女何尝不是一件艺术品呢？而且她在一般情况下更能捉住人的感性思维。但要明白一点就是，艺术你只能欣赏但不能亵渎，所以对于美女，你"只可远观而不能亵玩焉"，否则就会引来无穷的麻烦。当然美是挡不住的，我们不能随意地亵渎它，但也没有办法去拒绝它，以至于朋友问我在潮州读书两年对潮州最感受是什么时，我毫不犹豫地说：潮州有美女。

潮州的鲤鱼舞

张春波

　　潮州地处广东省东部，西与福建接壤，是历史文化名城、著名侨乡，自古就有"到广不到潮，枉费走一遭"的美誉。潮州拥有潮州菜、潮州功夫茶、潮州大锣鼓、潮州戏等众多"潮"字品牌，而潮州的鲤鱼舞更是散发出悠悠的潮风潮韵。

　　"雨落落，阿公去闸泊，闸着鲤鱼共苦初，阿公哩欲煮，阿妈哩欲戈……"许多潮州人都记得这首儿时的歌谣，歌中的"闸泊"是旧时潮州韩江的沿江村庄普遍使用的一种捕鱼方法：

即以木薯叶、稻穗等作
饵料置水流缓慢的湾回
处诱鱼吞饵，而在饵料
周围设置竹箔进行栅
鱼。鲤鱼是闸泊常捕到
的鱼，因为它一旦发现
饵料，几乎每天都会前
来吞饵，而且极易被发
觉。这种韩江流域普遍
生存的大型鱼类，生命
力顽强，也是很讨人喜
欢的民间吉祥鱼，城中
与乡间大宅檐漏间的滴
水、贴门板的年画，常

见它的形象，像喜童抱鲤、还有跳龙门——那高峻急湍、鲤鱼
奋勇一跃的情境，对在生活中苦苦奋斗的人，既是希望，也是
吉兆！可见，潮州人对鲤鱼是非常崇拜的，鲤鱼舞就是其中的
一种表现形式。

　　鲤鱼舞流传在潮州一带，至今已有一百多年的历史。相传
很久以前，潮州久旱无雨，土地龟裂，寸草不长，民不聊生，
一条善良的鲤鱼在了解到人间的疾苦后，自告奋勇带领人们去
寻找水源，穿越无数高山，历尽艰辛，终于找到了水源，而鲤
鱼自己也遍体鳞伤。人们为了不忘鲤鱼的恩德，每逢喜庆节
日，各乡村、城镇就舞起鲤鱼，以示纪念。当地的群众以前大
多是渔民，所以跳鲤鱼舞也有祈求出海平安、满载而归之意，

亦即为"年年有余"。

鲤鱼的鱼头、鱼身、鱼尾三部分骨架是用竹篾、竹片及铁丝扎成的，然后用铁丝连接起来，再将圆竹棒的一头插入鱼腹至鱼背顶端为握棒，最后用白布包缝各部位，绘上图案和色彩。握棒，靠鱼的一端为棒头，另一端为棒尾。鲤鱼5条，1条公鲤，称为头鱼，4条母鲤，称为母鱼。公鲤身长1.2米，母鲤身长1米，以短棒为柄，鱼腹安装小电池，眼置电珠，夜间舞鱼，更显鱼眼射光，红鳞闪烁。

鲤鱼舞由男子5人各执1鱼表演，众鲤鱼在头鱼的带领下，时而在水面悠然游动，时而潜下水底寻找食物，时而相互嬉戏。舞到高潮时，鲤鱼急速翻腾，全力拼搏，最后高跃龙门。此时观者情绪激昂，全场欢呼喝彩，气氛热烈。鲤鱼舞动时，表演者双手动作幅度较大，步法以"圆场步"为主，配合跪地、抬腿、跳跃等，动作刚劲有力、粗犷奔放。整个表演节奏强烈，一气呵成，具有男子汉的阳刚之气。鲤鱼舞在民间流传有"十二变"和"十三变"两种表演形式。"十二变"主要是表现鲤鱼在水中畅游、嬉戏、比目、寻食等生活情景，至高潮处鲤鱼跳龙门。"十三变"则在上述表演之后，增加"鱼化龙"、"罗汉伏龙"动作，最后是南派武术对打等内容。

鲤鱼舞在民间流传的同时，也被引入了戏剧表演之中，如潮剧传统戏《荔镜记》和现代戏《七日红》等均有鲤鱼舞的精彩场面。

潮人的春节

陈文奎

　　春节是潮州人最隆重
的传统节日，俗称"过
年"。农历十二月廿四日
至正月初三，属于春节范
畴。绚丽多彩的民俗活动
都围绕着"辞旧岁迎新
年"进行。

　　年底，潮州家家户户
要"扫舍"(潮语称"筅
涤")。旧俗定在腊月廿
四日，今多选吉日清扫。
是日，人们用榕树枝、嫩

竹叶、石榴花、稻草扎成掸子，掸拂尘垢蛛网，清洗器具，疏
浚沟渠。这种讲究清洁卫生的民俗源远流长，据《吕氏春秋》
记载，我国在尧舜时代就有春节扫舍的风俗，代代相传，宋吴
自牧《梦粱录》载："十二月尽，不论大小家，俱洒扫门间，
去岁秽，以祈新岁之安。"

　　年底，还要大办年货。购海味京果、家禽蛋品。合家大小
都须添置新衣鞋袜。除夕前三日，各家妇女就忙于做粿。粿品

有鼠曲粿、挚罗包(面粉粿)、菜头粿、红桃粿等。鼠曲粿为潮州独有，粿皮掺入鼠曲草(药名为白头翁，能祛痰止咳)，馅用绿豆沙或芋泥，风味特佳。备全了粿品、鱼、肉，除夕日下午就隆重祭祖。全家长幼依序跪拜祖宗，充分体现了潮人慎终追远、百善孝为先的传统美德。

　　除夕或稍前，家里有收入的小辈要给长辈压岁钱，长辈也要给未成年的小辈压岁钱。潮州老人称给压岁钱是给孩子"布须"，这是祝福孩子健康成长、长命百岁。民俗学家考证，压岁钱是由唐代的"洗儿钱"演化而来。《资治通鉴》载："杨贵妃得子，玄宗自往观之，喜，赐贵妃洗儿金银钱。"唐王建《宫词》描写："妃子院中初降诞，内人争乞洗儿钱。"

　　除夕，要吃年夜饭。潮人虽在千里万里外，也要赶回家，以免错过年夜饭。合家团圆共叙天伦之乐是潮人一大心愿，是根深蒂固的观念，也是强大的凝聚力。年夜饭除了品尝美酒佳肴，还一定要吃蚶，寓意"蚶"为"合赚"，就是成倍地赚钱；一定要吃蒜，这是因潮州俗语道"食蒜有钱藏"。

除夕，家家贴春联。这是从古代悬桃符、贴门神逐渐演变而来的。

除夕，要"守岁"，即整夜不睡以迎新春。昔日"守岁"只是家人团聚，漫话家常，如今是观看中央电视台春节晚会精彩节目以待晓钟。

新年伊始，潮人就走亲串友，登门拜年，互致节日祝贺。旧俗拜年要带"大吉"(潮州柑)，与主人互换，互致祝福。主人要用功夫茶、槟榔(今以橄榄代替)、糖果待客。旧俗正月初一，嫁出的女儿不能回娘家(如今不再讲究)，初二或初三才带着丈夫、儿女回娘家拜年，还须带一大袋糖果、饼干，分送邻里乡亲。父母当天中午就备办丰盛的饭菜招待女婿，形成了重要的"食日午"习俗。

潮州人赛龙舟

徐良伟

在潮州，"端午节"是时年八节中的一个大节、喜节。不论在城市还是乡村，节庆活动中，最引人注意的就是赛龙舟比赛。

赛龙舟一般在农历五月初五进行，河流、大溪、大池，就是临时"战场"。四乡六里的人们扶老携幼前来观看，人如蚁集，锣鼓震天。龙舟打造十分讲究，选择上好木料，船形如龙，扁长、轻巧、两头翘，船身彩绘，色彩鲜明夸张，富于民间艺术的风格。比赛时，只见锣鼓手坐在龙舟前端，一声声鼓响，有板有眼，时急时舒。桡手们听令而动，挥桡划桨；掌舵手稳立舟尾，眼观八方，把舵定航，一副胜券在握的智者风范。正如潮剧《桃花过渡》中桃花的唱词"船头打鼓别人婿，船尾掠舵是我君"，妇女们眼中首先看到的龙舟赛手，都是赛事中的"领军人物"。

老练的观众，远远地听着那鼓点的节奏，便知赛事的进展。"咚咚咚咚锣"，那是江上"热身"练习。"咚咚锣，咚咚锣"，便是进入初赛状态小试锋芒。如果听那锣鼓点子"咚锣、咚锣、咚锣"越来越急促，和着那两岸呐喊震天撼地，定是决赛进入最后的冲刺。

　　端午赛龙舟的成绩在水乡是一种至高荣誉，因此每年参加的赛队很多，有青年队，也有中年汉子队。以至于同观比赛的姑嫂，竟因为观点有异而争吵起来——因为小姑看好自己意中人参与的青年队，而嫂嫂则盼望丈夫所在的中年队获胜。得胜的村子、街道或单位，在赛事过后的长时间都是人们的谈论话题。

　　潮州市区的赛龙舟，以前曾在西湖举行，近年，改在韩江江面比赛，从凤凰洲公园至湘子桥的江段上，由潮州、汕头、揭阳和汕尾四市的龙舟强队一决雌雄。比赛时，两岸青山隐隐，一道韩水迢迢，湘子桥墩上的楼台亭阁罩于江面飘浮的薄雾里，配上雄健飞奔的蛟龙，那画面真是美不胜收，犹如在仙境中享受一种竞技活动。

　　端午节赛龙舟集历史传说、民俗节庆和体育娱乐于一体，真是盛开在潮州的"水上文化之花"啊！

竞渡歌

[唐]张建封

鼓声三下红旗开，两龙跃出浮水来。
棹影斡波飞万剑，鼓声劈浪鸣千雷。